Scandale à Madrid

SUSAN STEPHENS

Scandale à Madrid

Traduction française de
SYLVIE CALMELS-ROUFFET

AZUR

HARLEQUIN

Collection : Azur

Titre original :
A SCANDALOUS MIDNIGHT IN MADRID

HARPERCOLLINS FRANCE
83-85, boulevard Vincent-Auriol, 75646 PARIS CEDEX 13
Service Lectrices — Tél. : 01 45 82 47 47

www.harlequin.fr

ISBN 978-2-2804-3630-4 — ISSN 0993-4448

1.

Les toits du vieux Madrid se fondaient dans le velours noir du ciel quand Don Alejandro, duc d'Alegon, descendit de son coupé sport devant le night-club le plus branché de la capitale espagnole.

Alors qu'il tendait les clés au portier venu à sa rencontre pour garer le bolide, Alejandro perçut du coin de l'œil l'éclair d'une flamme, de l'autre côté de la rue. Là-bas, derrière la fenêtre des cuisines du restaurant El Gato Feroz, sous la lumière vive des néons, une femme flambait un plat aux côtés du célèbre chef étoilé Sorollo.

Les sourcils froncés sous l'austère toque blanche, le geste sûr, elle semblait absorbée par sa tâche. Une fraction de seconde, elle releva la tête et malgré la distance, Alejandro perçut l'éclat et l'acuité de son regard. Il remarqua aussi les boucles cuivrées qui s'échappaient de la toque et, machinalement, se demanda si elle possédait le tempérament de feu qu'on prête aux rousses.

Hypnotisé, il la regardait faire… Sans doute préparait-elle un plat d'exception à la hauteur de la réputation de l'établissement qu'il avait choisi pour accueillir dans vingt-quatre heures le dîner de fiançailles de sa sœur, Annalisa.

— Alejandro ! appela celle-ci depuis l'entrée du Magia Club où elle s'apprêtait à enterrer sa vie de jeune fille.

Il leva une main pour l'interrompre, incapable de détourner les yeux de la femme, de l'autre côté de la rue. Qu'est-ce qui chez elle le captivait donc tant alors qu'une kyrielle de beautés sexy l'attendaient dans le club ? Peut-être était-ce l'assurance dans ses gestes qui cadrait avec sa propre approche de la vie : maîtrise et détermination. Ici, à Madrid, il était Don Alejandro de Alegon, un homme de devoir aux multiples responsabilités. Il dirigeait en effet une multinationale en pleine expansion. Il assurait également la gestion d'un vaste patrimoine foncier et d'une sœur imprévisible. Mais dès qu'il quittait la scène des affaires, il devenait un autre homme. Et c'était sans doute le sérieux même de la jeune cheffe qui l'amenait à se demander s'il existait aussi chez elle une autre femme.

— Alejandro ! répéta Annalisa. Mes copines ont hâte de faire ta connaissance.

Raison de plus pour retarder les présentations.

— J'arrive dans cinq minutes ! promit-il tout en se détournant pour traverser la rue.

Avec lui, les amies de sa petite sœur ne craignaient rien. Trop jeunes. Quand il s'agissait de prendre du bon temps, il préférait les femmes plus mûres, plus expérimentées. Drague préliminaire et plus si affinités, mais pas d'engagement, pas de complications. Ses responsabilités laissaient peu de place à une vie privée. Les seuls instants de totale liberté qu'il s'accordait, c'était loin de la capitale, dans son refuge en montagne, là où il renouait avec ses racines tziganes. Là-bas, il n'était plus duc d'Alegon, mais tout simplement Alejandro, un homme jugé pour ce qu'il était, sans considération de fortune ou de rang. Là-bas, il pouvait être lui-même.

— Alejandro ! insista Annalisa d'une voix où perçait la frustration, à présent. On t'attend pour entrer au club !

— Vous n'avez pas besoin de moi pour ça, dit-il, soulevant un chœur de protestations féminines dans son dos.

Ses gardes du corps assuraient l'escorte des jeunes femmes et il avait réservé l'établissement avec toute la nourriture et les boissons qu'il jugeait nécessaire pour passer un bon moment sans que la soirée vire au chaos.

Il adorait sa sœur, mais il était le premier à reconnaître qu'il l'avait un peu trop gâtée. Elle n'était encore qu'une enfant quand leurs parents avaient trouvé la mort dans un tragique accident de voiture. Cette soudaine disparition l'avait traumatisée et Alejandro avait fait de son mieux pour s'occuper d'elle. Sans doute avait-il été parfois trop indulgent dans son souci de combler le manque affectif et de lui faire retrouver le sourire. Alors, oui, Annalisa jouait parfois les enfants gâtés, mais sa gaieté naturelle compensait largement son côté capricieux, se dit-il avec un brin d'amusement en l'entendant trottiner derrière lui.

— À quoi tu joues, Alejandro ? Tu as promis de boire un verre avec mes copines !

— Je le ferai. Mais je viens de voir quelque chose.

Sa sœur, qui le connaissait mieux que personne, plissa les yeux.

— Quelque chose ou quelqu'un ? questionna-t-elle avec un petit sourire entendu. J'espère que ce *quelqu'un* ne te retiendra pas trop longtemps, sinon je vais m'ennuyer sans toi.

Alejandro secoua la tête avec un sourire amusé.

— Ça m'étonnerait ! Tu seras bien trop occupée à danser sur les tables avec tes amies. Mais ne t'inquiète pas, je vous rejoins dans quelques minutes. Je te rappelle quand même que tu te fiances demain avec un prince qui ne sera peut-être pas aussi coulant que moi s'il voit des photos de ta folle nuit à la une des journaux.

— Il faut toujours que tu joues les rabat-joie ! ronchonna Annalisa avec un mélange familier d'exaspération et de tendresse avant de lui tourner le dos pour courir retrouver ses amies sur le trottoir d'en face.

Si par rabat-joie, tu veux dire que je m'inquiète pour toi parce que je t'aime, tu as raison, songea Alejandro en poussant la porte du El Gato Feroz.

Le maître d'hôtel s'avança aussitôt vers lui pour l'accueillir avec déférence et quand il lui eut fait part de son souhait, l'homme se précipita en direction des cuisines.

Une minute s'écoula, puis cinq. Alejandro commençait à s'impatienter quand une jolie femme avec qui il avait eu une brève aventure entra dans le restaurant, suivie de son riche époux plus âgé qu'elle.

— Alejandro, roucoula-t-elle tout bas en refermant sur son coude une main chargée de bagues, étonnamment puissante. Quand sortirons-nous de nouveau ensemble ?

— Jamais, chuchota-t-il pendant qu'une hôtesse d'accueil distrayait l'attention du mari. Vous êtes mariée, à présent.

— Et alors ?

Une rougeur coupable envahit les joues de la femme quand son époux se retourna pour saluer Alejandro.

— Votre Excellence, dit le vieil homme en s'inclinant. Quel honneur…

— Tout l'honneur est pour moi, répondit Alejandro, lui retournant la politesse.

De toute évidence, les rumeurs concernant sa réputation de séducteur continuaient d'aller bon train, songea-t-il, amusé, en regardant le malheureux s'empresser d'éloigner sa jeune et pulpeuse épouse du danger.

Il patienta encore quelques instants avant que la réapparition du maître d'hôtel, seul, avec une mine de dix pieds de long, vienne confirmer sa première impression à propos de la jeune femme qui œuvrait en cuisine – elle était aussi sérieuse et déterminée qu'elle en avait l'air.

— Je suis désolé, Don Alejandro, mais notre cheffe Sadie vous fait dire qu'elle est en plein service et qu'elle n'a pas le temps de venir vous parler. Je suis vraiment navré.

— Vous n'y êtes pour rien, le rassura Alejandro. J'aurais dû me douter que le moment était mal choisi pour la voir.

Sadie. Elle s'appelait donc Sadie.

Bravo, Sadie ! se dit-il en quittant le restaurant. Elle avait gagné cette première bataille, mais la guerre ne faisait que commencer.

Un léger sourire aux lèvres, il traversa la rue, content d'avoir enfin trouvé une femme qui refusait d'obéir au moindre claquement de doigts de sa part.

Pourquoi Don Alejandro, Duque de Alegon, avait-il demandé à la voir ? Sadie jeta un coup d'œil par la fenêtre à la silhouette athlétique de l'un des plus célèbres hommes d'Espagne qui se dirigeait vers l'entrée du Magia Club. La rumeur prétendait que ses compétences en affaires n'avaient d'égal que ses talents au lit. À cette seule pensée, un frisson la parcourut.

Inutile de fantasmer ! se chapitra-t-elle aussitôt. C'était absurde. Grotesque, même. D'abord, ils n'appartenaient pas au même monde. Ensuite, elle n'avait aucune expérience sexuelle et pas de temps pour y remédier. D'autant plus qu'après avoir vu pendant toute son enfance sa mère constamment maltraitée et humiliée par son père, elle était à jamais vaccinée contre les hommes. Exception faite de son patron, le chef Sorollo, un être humain remarquable. Le seul à l'avoir toujours guidée et respectée.

Songeant de nouveau à Don Alejandro, Sadie fronça les sourcils. Aucun client ne demandait jamais à la voir personnellement, sauf s'il désirait goûter un plat spécial. Peut-être souhaitait-il apporter une modification de dernière minute au menu du dîner de fiançailles de sa sœur ? Une grimace ennuyée se dessina sur ses lèvres, parce que si c'était le cas, elle aurait dû prendre une minute pour aller lui parler. D'un autre côté, c'était au chef Sorollo qu'il fallait directement s'adresser pour ce genre de requête.

Elle jeta de nouveau un coup d'œil par la fenêtre, juste à temps pour voir l'objet de ses pensées disparaître à l'intérieur du Magia Club, l'endroit où la jeunesse dorée de la haute société madrilène aimait à se rassembler. Les hommes au physique athlétique n'avaient pas toujours l'air très à l'aise en habit de soirée, mais le smoking épousait à merveille la silhouette virile de Don Alejandro, et lui donnait l'air encore plus sexy, ne put-elle s'empêcher de noter malgré elle.

Elle reprit sa tâche, les mains tremblantes, la bouche sèche et le cœur battant – signes d'un état d'excitation ridicule. Seigneur, qu'est-ce qui lui avait pris de relever la tête au moment où cet homme à la réputation sulfureuse avait les yeux rivés sur elle ? Peut-être une sorte d'instinct animal. Celui de la proie se sentant épinglée par le regard du chasseur. Un sentiment nouveau pour elle qui rendait d'autant plus excitant ce bref contact avec le danger. Il y avait quelque chose de sauvage chez Don Alejandro qui la laissait le corps fourmillant de nervosité et d'impatience, aspirant à des sensations dont elle n'avait jamais fait l'expérience. Bien sûr, son bon sens lui dictait de ne pas se laisser aller à fantasmer sur un homme qui évoluait dans les hautes sphères de la société, tandis que son monde à elle se limitait à ces fourneaux. Ce qui lui convenait tout à fait, car la cuisine, d'aussi loin qu'elle s'en souvienne, avait toujours été son refuge.

Considérée comme une gêne par ses parents dans leur vie mondaine, elle avait très tôt recherché un peu de compagnie et de chaleur humaine auprès des domestiques. Elle avait ainsi découvert le plaisir de préparer de bons petits plats et de voir les visages de ceux qui les savouraient s'éclairer de sourires approbateurs. La cuisine avait été pour elle le moyen de s'évader d'un monde où elle n'avait pas sa place. Alors, quand son père était mort d'avoir trop bu et que sa mère l'avait rejetée, Sadie savait très exactement ce qu'elle voulait faire.

Le lendemain, toute l'équipe du restaurant travaillait aux derniers préparatifs de la soirée de fiançailles d'Annalisa de Alegon, quand le chef Sorollo fut appelé au téléphone.

— C'est une catastrophe ! s'écria-t-il.

Dans la cuisine, tous se turent, traversés par une même pensée horrifiée : *Pitié, pas ce soir !*

Sous la pression, même le chef étoilé le plus calme pouvait perdre son sang-froid, et Sorollo n'était pas réputé pour sa placidité. Mais cet éclat de voix ne ressemblait pas à ses explosions habituelles et il avait l'air bouleversé. L'approche en douceur de Sadie leur apprit qu'un de ses proches parents était gravement malade. Or, Sorollo avait deux priorités dans sa vie : la gastronomie et sa famille. Une famille à laquelle appartenait aussi son personnel et plus particulièrement Sadie. Il était en quelque sorte le père qu'elle n'avait pas eu et le moment était venu pour elle de se montrer à la hauteur de sa confiance.

— Ne vous en faites pas, chef. Allez-y. Je prends le relais.

— Je savais que je pouvais compter sur toi, répondit-il avant d'appeler un taxi.

C'était le moins qu'elle puisse faire pour cet homme qui veillait sur elle depuis le jour où elle avait débarqué à Madrid en quête d'un travail. Après avoir quitté la demeure familiale du nord de l'Angleterre, elle avait réussi à se faire embaucher comme cuisinière sur un yacht. Là, elle avait vite compris qu'elle n'était pas faite pour vivre en mer, même sur un bateau de luxe. Elle avait alors profité d'une escale sur les côtes espagnoles pour prendre la direction de Madrid avec la ferme intention de poursuivre une carrière dans la restauration, plus précisément au El Gato Feroz. Elle rêvait en effet de travailler aux côtés du chef Sorollo depuis qu'elle avait lu un article sur le célèbre restaurant madrilène. Y décrocher une place de plongeuse avait fait de son rêve une réalité.

— Commence au bas de l'échelle et grimpe les échelons, lui avait conseillé Sorollo.

Depuis ce jour, Sadie le remerciait par une loyauté sans faille et un travail acharné.

— Tu en as fait du chemin ! dit-il en guettant par la fenêtre l'arrivée de son taxi. Tu te souviens de ta première journée ici ?

Sadie hocha la tête. Elle n'était pas près d'oublier la détermination qui tendait chaque fibre de son être ce jour-là, quand un employé du restaurant lui avait ouvert la porte de service et fait signe de le suivre. Cette première journée avait été marquée par sa rencontre avec le chef. Elle n'en avait pas cru ses oreilles quand il avait insisté pour l'interroger lui-même sur ses motivations. Qu'un si grand homme puisse s'intéresser à quelqu'un qui travaillerait au plus bas de l'échelle hiérarchique de sa brigade l'avait impressionnée. Ce moment, elle s'en souviendrait toujours.

La plonge n'était qu'un début, avait-il promis, et si elle acceptait de rester plus tard le soir en cuisine, il lui apprendrait à tailler les légumes. Une fois cette technique acquise, elle continuerait. Tous les rêves étaient permis, avait-il conclu.

— Ce premier jour a été le plus beau jour de ma vie, murmura Sadie, émue.

Sorollo la contempla avec un sourire affectueux.

— Maintenant, à toi de reprendre le flambeau, ma grande ! Mais ne te mets pas la pression. Tu as le soutien de toute l'équipe et Don Alejandro est un homme bien. Je le connais. Il comprendra les raisons de ce changement de dernière minute.

Loin d'être aussi optimiste, Sadie se tut cependant pour ne pas le retarder.

— Au travail tout le monde ! lança-t-elle à la brigade en le regardant monter dans le taxi. Nous devons faire honneur à notre chef.

— Quoi ?

Alejandro était furieux. Arrivé vingt minutes avant le début de la réception pour s'assurer que tout était prêt, il venait d'apprendre que le chef étoilé serait absent des cuisines pour le dîner de fiançailles d'Annalisa !

Lui qui ne perdait jamais son sang-froid était à deux doigts d'exploser.

— Comment peut-il quitter ses fourneaux, un soir comme celui-ci ? tonna-t-il, faisant vibrer l'argenterie et le cristal. Le malheureux maître d'hôtel, figé, semblait avoir perdu l'usage de la parole, mais pas la femme qui sortit des cuisines. *La femme qui, la veille, avait refusé de venir lui parler.*

De près, elle était encore plus attirante, mais c'était

son regard direct et la fermeté de sa mâchoire qui le séduisaient le plus.

— Don Alegon, dit-elle d'une voix chaleureuse, bienvenue au El Gato Feroz. Je suis la cheffe Sadie Montgomery. Ravie de faire votre connaissance.

Au souvenir de la façon dont elle l'avait snobé la veille, il lui décocha un regard glacial. En retour, elle lui sourit aimablement et lui tendit une main qu'il ne put faire autrement que de serrer. Elle était douce et fraîche, mais la poigne ferme et franche. C'était la poigne d'une femme responsable. Une femme de tête. Une femme qu'il imaginait difficilement perdre le contrôle une seconde, en dépit du tempérament de feu évoqué par les boucles rousses s'échappant de sa toque…

— Permettez-moi de vous rassurer, poursuivit-elle. Malgré l'absence de notre chef, le menu reste inchangé et la qualité des plats excellente comme toujours.

— Avec vous aux commandes ? insista-t-il, un peu dérouté par sa réponse directe.

— Bien sûr, répondit-elle en relevant la tête pour soutenir son regard.

Elle avait des yeux immenses, d'un bleu si profond qu'il en prenait des reflets violets. Et elle s'en servait de façon très efficace en le regardant sans ciller, pour l'amadouer, maintenant qu'il était clair qu'il n'aurait pas le chef étoilé pour lequel il avait payé.

Sans se départir de son sourire poli, elle désigna la salle.

— J'espère que le décor vous plaît.

Alejandro jeta un regard circulaire. Il avait commandé une décoration faite de fleurs exotiques aux couleurs éclatantes à l'image de la personnalité d'Annalisa. Les fleuristes s'étaient surpassés.

— Nous allumerons bientôt les bougies sur les tables et vous verrez alors le cristal et l'argenterie étinceler comme dans un conte des *Mille et Une Nuits*, précisa Sadie en contemplant la salle d'un œil rêveur. Ce sera très romantique.

Alejandro lui glissa un regard à la dérobée. Tiens, tiens, elle avait un petit côté sentimental… Intéressant, se dit-il.

— Ne vous faites aucun souci, Don Alegon, ajouta-t-elle. L'équipe a pensé à tout.

— Je ne m'inquiète pas. J'ai choisi le El Gato Feroz pour son excellence. Je suis certain que vous serez à la hauteur, mademoiselle Montgomery.

Étrangement, elle lui inspirait confiance.

— Désirez-vous un cocktail en attendant l'arrivée des invités ?

— Non merci, répondit-il, conscient de son ton cassant.

La capitale exerçait cet effet sur lui. C'était comme s'il était constamment réglé en mode « tension ». Et quand s'ajoutaient à ça les fiançailles de sa sœur, l'effet était maximum.

— Puis-je vous tenter avec une coupe de champagne ? insista Sadie.

Il la dévisagea. Elle pourrait le tenter avec bien d'autres choses… Mais pas avec du champagne. Pas ce soir. Parce qu'il devait garder les idées claires. Il avait des doutes quant à la sagesse du choix de sa sœur d'épouser le prince et il tenait à le surveiller de près, lui et ses comparses. Ce gars-là possédait certes un titre de noblesse, mais Alejandro avait mené sa petite enquête. Résultat : le *prince* n'avait pas les moyens de financer son train de vie extravagant. Et Annalisa était une jeune femme confiante qui ne voyait pas forcément les problèmes se profiler à l'horizon.

— Du champagne ? Non, merci.

— Une bière, alors ? proposa Sadie, une lueur moqueuse dans ses prunelles marines.

Elle n'avait pas peur de le provoquer, nota Alejandro avec un demi-sourire. Un point de plus en sa faveur.

— D'accord pour une bière si vous m'accompagnez.

— Je ne bois jamais pendant le service, répondit-elle sans se départir de son sourire poli.

Ils se dévisagèrent, se jaugeant mutuellement du regard.

— Je crois que votre sœur vient d'arriver, Don Alegon. Le barman va vous apporter une bière.

Il n'eut pas le temps d'ouvrir la bouche qu'elle était déjà partie. De toute évidence, Sadie Montgomery aimait bien avoir le dernier mot. Et elle avait l'art de lui filer entre les doigts, grogna-t-il en son for intérieur. Il n'aurait sans doute pas le temps de la revoir seule en tête à tête ce soir, mais cette femme lui lançait un défi qu'il se ferait un plaisir de relever !

2.

Minuit venait de sonner. Malgré la fatigue et la chaleur devant les fourneaux, Sadie n'avait pas pris une minute de pause pour monter se rafraîchir dans la petite chambre qu'elle occupait au-dessus du restaurant. Concentrée sur son travail, elle donnait ses directives aux commis qui s'affairaient autour d'elle. Pour son baptême du feu aux commandes de la brigade, elle ne voulait rien laisser au hasard. Tout devait être parfait. Elle tenait à faire honneur à leur chef.

— Envoyez ! lança-t-elle pour la énième fois de la soirée.

Elle se souvint de cet instant où à la fin de son entretien d'embauche, Sorollo lui avait demandé si elle avait un endroit où dormir. Il avait compris sans qu'elle ait eu besoin de dire un mot.

— Il y a une chambre de bonne à l'étage, avait-il proposé. Ce n'est pas grand-chose, mais vous pourrez y poser votre valise le temps de trouver mieux.

Sadie sourit. Elle y vivait toujours. La pièce minuscule avec sa vue sur les toits de Madrid était propre, fonctionnelle et surtout, elle était calme. Il n'y avait ni cris, ni insultes, ni pleurs, ni fracas de verre brisé. Certains auraient vu dans cette modeste chambre le symbole d'une déchéance s'ils avaient connu la propriété luxueuse où elle avait vécu enfant. Une propriété dans laquelle Sadie s'était toujours fait l'effet d'une intruse. La piscine, le terrain de tennis, les jardins lui étaient interdits. Pour ses parents, les enfants n'avaient aucune place dans la vie des adultes. Quant à leur fille, elle n'avait aucune place tout court dans leur existence.

— Tout le monde se régale, Sadie ! lui lança l'un des serveurs en passant près d'elle. Ton festin est un succès.

— *Notre* festin ! corrigea-t-elle, tout sourire.

L'équipe connaissait son histoire. La première année de son arrivée, elle faisait la plonge, mais Sorollo avait insisté pour l'envoyer suivre les cours du soir d'une célèbre école de cuisine. Une fois ses diplômes obtenus, il l'avait prise sous son aile pour parfaire sa formation. Parce que dans une famille aimante, il était normal de veiller les uns sur les autres et de s'épauler, lui avait-il appris. Voilà pourquoi la réussite de cette soirée était si importante pour Sadie – c'était sa façon à elle de remercier l'homme qui avait été sa planche de salut.

Ce soir, l'excellence était de rigueur. D'autant que le dîner de fiançailles d'Annalisa de Alegon était un événement mondain. Il y aurait des articles dans la presse et des photos de tous les convives.

Sadie réprima un frisson à la pensée d'un convive en particulier. La veille, elle avait fait des recherches sur Don Alejandro. Outre ses qualités d'homme d'affaires, elle avait appris qu'il descendait d'une longue lignée d'aristocrates espagnols du côté paternel, mais que sa mère était une princesse tzigane. Dix ans plus tôt, ses parents étaient morts dans un tragique accident de voiture, lui laissant la lourde charge d'élever seul sa petite sœur et de prendre les rênes de l'empire familial à tout juste vingt ans. Sous son impulsion, le groupe industriel s'était tourné vers des entreprises de haute technologie dont les titres étaient désormais cotés en Bourse et avait prospéré.

Tout le monde s'accordait à dire que c'était un immense honneur qu'il ait choisi le El Gato Feroz pour accueillir la soirée de fiançailles d'Annalisa. Sadie était prête à parier qu'il avait lui-même décidé du menu dans ses moindres détails et de la place de chaque invité. Même si leur entrevue avait été brève, il était clair que c'était ce genre d'homme. Autoritaire, sûr de lui, habitué à évoluer sur le devant de la scène. Tandis qu'elle, au contraire, préférait les coulisses d'une cuisine.

Sadie réprima un soupir. Elle n'appartenait pas à son monde, pas plus qu'elle n'avait appartenu à celui de ses propres parents. Conclusion : le duc donnait des ordres et elle était contente d'être au service des autres.

Attention, pas à *son* service ! précisa-t-elle en son for intérieur avec un petit rire nerveux tout en vérifiant un assortiment de mignardises avant qu'elles ne disparaissent en salle.

Durant toute la soirée, il avait senti sa présence et l'avait cherchée du regard. Jamais il n'avait été autant obsédé par une femme. Elle était séduisante, certes, mais il en connaissait de plus belles. C'était incompréhensible.

Les bras de sa sœur enlaçant ses épaules l'arrachèrent à sa méditation.

— Alejandro, merci pour cette magnifique soirée, dit-elle en se lovant contre lui. C'est plus que je ne mérite.

— Beaucoup plus, en effet.

Ils éclatèrent de rire. Annalisa était la seule personne au monde capable de le sortir de son état de tension quand il était à Madrid.

— Tu es heureuse ? questionna-t-il tandis que son regard s'attardait sur le prince et sa clique qui semblaient n'avoir d'autre ambition que de vider jusqu'à la dernière bouteille de vin de la cave du El Gato Feroz.

Annalisa leva les yeux sur lui.

— Et toi, Alejandro ? Tu as l'air si sérieux, si sombre, que je me demande parfois si tu sais à quel point je t'adore et combien j'apprécie tout ce que tu fais pour moi. J'aimerais pouvoir en faire autant pour toi.

— Sois sage, c'est tout ce que je te demande, la taquina-t-il, faussement sévère. Et ne t'inquiète pas pour moi.

— Justement, je m'inquiète. Que faudrait-il pour te donner le sourire, Alejandro ?

— Te savoir heureuse, répondit-il en glissant un énième regard inquiet sur le futur époux de sa sœur qui semblait plus occupé à draguer la jolie femme à côté de lui qu'à rechercher la compagnie de sa fiancée. Tu me le diras si ça ne va pas, d'accord ?

— Alejandro ! soupira Annalisa. Cesse de te faire du mauvais sang et pense un peu à toi, au lieu de ne penser qu'aux autres. Toi aussi, tu mérites d'être heureux.

— Peut-être mais ce soir, je ne veux penser qu'à cette nouvelle vie de princesse qui t'attend.

Il se demandait d'ailleurs si ce n'était pas plutôt ce futur titre qui attirait sa sœur, plus que son fiancé lui-même. Elle était loin d'être une écervelée, mais c'était une rêveuse qui avait tendance à croire aux contes de fées.

Sa vie lui appartient, ce n'est pas la tienne, lui soufflait sa raison. Mais son cœur lui tenait un tout autre discours.

— Le bonheur est éphémère, Annalisa. Ne le laisse pas passer.

Elle chercha son regard.

— Ça vaut aussi pour toi, Alejandro. Je sais que tu penses à nos parents en disant cela. Eux aussi, ils voudraient que tu sois heureux.

Il la contempla un moment, puis sourit.

— Je suis fier de toi. Tu es devenue une jeune femme adorable.

Annalisa lui coula un regard espiègle.

— Si tu le dis, c'est que c'est vrai !

Ils éclatèrent de rire et, l'espace d'un instant, tout redevint simple, comme ça l'avait toujours été entre eux jusqu'à l'entrée en scène du fiancé.

— Préviens-moi si ton prince ne te rend pas heureuse, ne put s'empêcher d'insister Alejandro, redevenu sérieux.

— Tu seras le premier informé. Je fais confiance à ton service de sécurité, conclut Annalisa avec un clin d'œil avant de courir retrouver ses amies.

Il les regarda se regrouper en se demandant de quoi elle pouvait bien discuter avec tant d'animation.

Le repas tirant à sa fin, Annalisa fit signe au maître d'hôtel. Ce dernier s'éclipsa pour revenir quelques minutes plus tard, suivi de Sadie qui émergea de la cuisine sous un tonnerre d'applaudissements.

Malgré l'absence de Sorollo, tout avait été parfait. Alejandro se surprit lui-même à porter un toast de remerciement. Et quand leurs yeux se rencontrèrent, Sadie soutint son regard avec une grande assurance mêlée de… d'une lueur de défi, qui fit s'accélérer son pouls.

L'aube pointait quand les invités commencèrent à s'éclipser. Alejandro sortit prendre l'air. Le ciel avait pris une teinte lavande. La lumière lui rappelait celle des levers de soleil sur la Sierra Nevada, ces montagnes qu'il aimait tant. Là-bas, il se sentait vraiment lui-même. Le reste du temps, il avait l'impression d'être la proie d'un conflit permanent entre deux personnalités. Celle de sa mère, qui lui avait légué sa nature passionnée et son esprit libre, et celle de son père, qui lui avait inculqué ce sens du devoir et des responsabilités.

S'arrachant à la contemplation du ciel, il fronça les sourcils en voyant le prince quitter le restaurant, entouré de ses comparses, sans un mot aimable pour les serveurs et le portier, ni même un regard pour sa fiancée.

— Où va-t-il ? demanda-t-il à Annalisa qui regardait d'un air désemparé son futur époux s'éloigner.

— En boîte de nuit, je crois… pour enterrer sa vie de garçon.

Elle détourna la tête et Alejandro se fit violence pour taire son exaspération et ne pas la peiner davantage.

— Allons remercier tout le monde pour cette magnifique soirée et je te dépose à la maison, d'accord ?

Qu'une jeune femme aussi ravissante et généreuse que sa petite sœur puisse s'enticher d'un tel monstre d'égoïsme dépassait l'entendement. Dissimulant sa consternation derrière un visage impassible, il rattrapa l'inconvenance du prince en remerciant personnellement chaque employé du restaurant, du plongeur au maître d'hôtel en passant par les commis de cuisine et les serveurs en salle. Mais quand il voulut remercier celle qui avait assuré la réussite de la soirée, Sadie Montgomery était introuvable.

Étendue sur son lit étroit, Sadie soupira d'aise et de soulagement. Tout s'était merveilleusement bien passé et maintenant qu'elle avait retrouvé la sérénité de sa chambre, elle n'avait besoin de rien d'autre... Excepté d'être délivrée des images du duc d'Alegon qui s'obstinaient à s'imposer à son esprit.

Dix minutes plus tard, elle bourrait son oreiller de coups de poing. Elle avait beau se tourner et se retourner, impossible d'oublier le dangereux regard de braise qui lui faisait battre le cœur. Absurde, puisqu'elle ne reverrait probablement jamais Don Alejandro. Et c'était tant mieux car cet homme déclenchait chez elle des sentiments chaotiques dont elle ne voulait pas. Dès l'enfance, elle avait appris que la passion était une force destructrice qui n'engendrait que colère et violence et ne souhaitait en aucun cas vivre ce qu'avaient vécu ses parents, qui avaient fini par se haïr.

Fermant les yeux, elle s'efforça de penser à autre chose. La soirée avait été un succès, l'équipe avait été formidable, organisée, rapide et efficace. Les convives s'étaient extasiés sur la qualité de la cuisine. Et il y avait eu ce regard échangé avec Don Alejandro. *Alejandro...* Rêveuse, elle murmura son prénom, pour le plaisir de l'entendre, de le savourer sur sa langue. Et d'imaginer sa bouche sur la sienne et ses longues mains bronzées caressant son corps...

Assez ! Ce n'était pas ainsi qu'elle réussirait à le chasser de ses pensées.

Le lendemain, à l'heure du déjeuner, une fois de plus, rien ne se déroula comme prévu.

— Oh, mon Dieu, non ! s'exclama Sadie, incapable de dissimuler son émotion en apprenant la nouvelle.

S'adossant au mur, elle fit défiler les flashs d'information sur le Smartphone d'un collègue. Sur l'écran s'affichaient les photos d'une voiture carbonisée accompagnées d'un article relatant le carambolage dont avaient été victimes le duc d'Alegon et sa sœur alors qu'ils rentraient de soirée.

La tête encore pleine des images d'Annalisa si souriante, quelques heures plus tôt, et d'Alejandro si plein d'énergie, Sadie osait à peine poser la question.

— Sont-ils blessés ?

— Compte tenu de la gravité de l'accident, ils s'en sont bien sortis, la rassura son collègue en lui indiquant le dernier communiqué de presse. Par précaution, ils sont en observation à l'hôpital.

— C'est un miracle, renchérit le maître d'hôtel. Don Alegon a risqué sa vie pour sortir sa sœur du véhicule en flammes avant qu'il explose. Une chance qu'il n'ait bu que de l'eau hier soir, contrairement au prince et à ses amis. La police a confirmé qu'il n'avait aucune responsabilité dans l'accident.

— Regarde, Sadie ! Il y a une photo de toi quand tu sors des cuisines sous les applaudissements, s'exclama une serveuse en lui tendant son téléphone. Quelle publicité pour le restaurant !

— Formidable, marmonna Sadie, rougissant devant le cliché.

Le regard ténébreux d'Alejandro était rivé sur elle.

— On pourrait leur faire livrer un panier gourmand à l'hôpital, s'empressa-t-elle de proposer pour faire diversion, en espérant que personne n'avait remarqué que le duc la dévorait des yeux.

— Bonne idée !

Face à l'approbation générale, Sadie réfléchissait déjà au contenu du panier. Son intuition lui soufflait que Don

Alegon n'était pas un patient facile. Elle l'imaginait d'ici en train de pester contre cette hospitalisation forcée. Aussi allait-elle concocter quelques douceurs auxquelles même un duc d'humeur irascible ne saurait résister.

— C'est quoi ça ?

Alejandro souleva à peine la serviette en vichy rouge qui recouvrait le panier en osier dont il déversa le contenu dans la poubelle sans même y jeter un coup d'œil.

— Mais enfin… Que fais-tu ? protesta Annalisa.

— Celui qui m'envoie ce panier me prend pour un invalide incapable de commander un repas !

— C'est Sadie Montgomery qui a eu la gentillesse de te l'envoyer, espèce de brute !

Alejandro baissa les yeux sur la poubelle, regrettant déjà son mouvement d'humeur. Ses bonnes manières l'avaient déserté depuis qu'il était confiné dans cette chambre d'hôpital. Lui qui se considérait comme fort et invincible était d'autant plus vexé qu'Annalisa était libérée avant lui.

Elle agita une carte sous son nez.

— Lis ! C'est de la part de Sadie et des employés du restaurant. Tous l'ont signée. Je parie que tu t'en veux, maintenant. Bien fait !

— Retournez tout de suite vous coucher !

La voix haut perchée les fit sursauter. C'était celle de l'infirmière en chef qui faisait sa ronde.

— Vous avez inhalé des fumées toxiques, Don Alegon. Vos poumons ont souffert. Vous devez impérativement éviter tout effort. Vous avez besoin de repos.

— Ce dont j'ai besoin, c'est de sortir d'ici. Et ma sœur ? Elle était dans la voiture, elle aussi. Pourquoi a-t-elle le droit de se promener ?

— Parce que j'ai gardé la tête hors de l'habitacle pendant que tu bataillais au milieu des flammes pour défaire ma ceinture de sécurité, gronda Annalisa. Alors, fais ce que te dit l'infirmière !

— J'ai l'impression d'être un monstre en cage, ronchonna Alejandro en réintégrant son lit.

— Ce n'est pas qu'une impression : tu es un monstre !

Annalisa attendit que l'infirmière soit partie pour fourrager dans la poubelle.

— Tu aurais pu me demander si j'avais faim avant de tout jeter.

Par chance, les gourmandises avaient été soigneusement emballées. Ayant sauvé une boîte de macarons, Annalisa en savoura une bonne partie avant d'offrir le reste à son frère qui, bien sûr, refusa, vexé.

— Tu ne mérites pas qu'on soit gentil avec toi, Alejandro. Tu devrais écrire un petit mot de remerciement à Sadie pour sa charmante attention.

Il grogna pour la forme, mais il n'éprouvait aucune colère. C'était une tout autre émotion qui l'étreignait. Une émotion étrange qui, s'il l'écoutait, le mènerait tout droit chez la jeune femme dès qu'il sortirait de ce fichu lit.

— Si tu ne le fais pas, c'est moi qui m'en chargerai, insista Annalisa.

Alejandro se redressa sur ses oreillers.

— Je te rappelle que tu es toujours sous ma responsabilité et que c'est encore moi qui décide de ce qu'il faut faire ou ne pas faire.

— Tiens donc ! Ne suis-je pas à la charge de mon futur mari, désormais ?

— Tu parles d'un homme ! ironisa Alejandro, incapable de cacher plus longtemps son mépris pour le prince.

Sa sœur n'aurait pas été victime de cet accident si son fiancé s'était comporté comme tel, en prenant soin de la ramener chez elle au lieu de partir écumer les boîtes de nuit avec sa bande de tocards.

— Dis-moi que tu l'as envoyé paître, Annalisa.

La voyant hésiter avant de répondre, il sentit naître l'espoir.

Un espoir rapidement balayé, hélas, car elle déclara d'un air buté :

— Mets-toi bien dans la tête que je suis assez grande pour prendre mes propres décisions.

— Mais c'est fini, avec lui, n'est-ce pas ? ne put-il s'empêcher d'insister.

— Ça ne te regarde pas. Tout compte fait, j'aime autant que tu restes coincé dans ce lit d'hôpital. Ça t'évite de me harceler pour que je fasse tes quatre volontés.

Comme si elle était du genre à obéir ! songea Alejandro, dépité.

— Où vas-tu ? s'inquiéta-t-il en la voyant s'avancer vers la porte.

— Au El Gato Feroz. Il faut bien que l'un de nous remercie Sadie, ne serait-ce que pour prouver que les Alegon ne sont pas tous des ingrats.

— Reviens ici !

— Dans tes rêves !

Sur ce, elle quitta la chambre, l'abandonnant, médusé, perplexe, seul avec ses interrogations.

Sa petite sœur était-elle prête à prendre sa vie en mains ? Avait-il tort de vouloir s'en mêler ? Il s'occupait d'elle depuis tant d'années qu'il lui était difficile de lâcher prise. L'idée qu'elle puisse avoir besoin de prendre ses distances avec lui pour vivre sa vie ne lui avait encore jamais effleuré l'esprit. Il allait devoir s'y faire.

Il ferma les yeux.

L'accident avait chamboulé sa vision des choses. Il prenait brusquement conscience de sa vulnérabilité et pour la première fois, il réalisait qu'il avait vécu ces dix dernières années dans une sorte de tourbillon, sans avoir pris le temps de faire le deuil de ses parents, de respirer. Les responsabilités dévoraient chaque minute de chacune de ses journées. Annalisa et les affaires avaient pris le pas sur sa vie personnelle.

Il ne pouvait plus continuer ainsi. Les fiançailles de sa petite sœur, cet accident… C'était peut-être signe que le moment était venu pour lui de réfléchir au sens de sa propre existence. Et le meilleur endroit pour faire le point, se ressourcer, soigner son corps et son esprit, c'était dans les montagnes, là où il était vraiment lui-même.

3.

— *Señorita* de Alegon ! s'exclama Sadie en voyant la jeune femme pousser la porte du restaurant. Quel soulagement de vous voir en aussi bonne forme !

Annalisa était en effet très belle dans une robe d'été blanche, toute simple, qui mettait en valeur son teint mat et sa silhouette élancée.

— Mais votre frère, comment va-t-il ?

Sadie retint sa respiration en attendant la réponse.

— Pour commencer, appelez-moi Annalisa. Quant à mon frère, comme on pouvait s'y attendre, l'hospitalisation le rend grognon. Mais ne parlons pas de lui. Je suis venue vous remercier pour les délicieuses gourmandises que vous avez fait porter à l'hôpital.

— Don Alejandro les a-t-il appréciées ? s'inquiéta Sadie.

Annalisa lui glissa un regard amusé.

— Oh oui, beaucoup ! répondit-elle succinctement, la laissant libre d'imaginer le reste.

— L'essentiel, c'est que vous soyez tous les deux sains et saufs.

— Sans Alejandro, je serais morte, brûlée vive. Il n'y a pas plus courageux que lui, vous savez. C'est mon héros.

Sadie sourit, touchée par l'adoration manifeste que la jeune femme portait à son frère.

— Combien de temps doit-il rester hospitalisé ?

Annalisa esquissa une grimace fataliste.

— Le connaissant, je doute que les médecins puissent le garder bien longtemps.

— Ce serait pourtant plus prudent. Il paraît qu'il a inhalé beaucoup de fumée.

— En effet. Mais il n'est pas du genre patient et il a sa propre idée d'une convalescence. Couper du bois, faire du cheval, nager dans les eaux glaciales d'un torrent… Bref, tout ce qu'il ne peut pas faire à Madrid. Vous ne le reconnaîtriez pas quand il retrouve le clan de notre mère, dans les montagnes. Là-bas, c'est un homme différent, loin du battage médiatique et de la célébrité que lui confère son titre.

Captivée malgré elle, Sadie avait très envie d'en apprendre un peu plus sur celui qui hantait ses pensées depuis la veille.

— Puis-je vous offrir un café ?

— Avec plaisir. Si vous avez le temps, bien sûr.

Sadie prendrait le temps. Pour en savoir davantage sur Don Alejandro, mais aussi parce que la jeune femme qui lui faisait face avait l'air un peu désemparée, en quête d'une oreille amicale à qui se confier.

— J'ai tout mon temps, dit-elle en désignant une table.

L'entrée en matière d'Annalisa fut directe.

— Je ne veux pas vous déranger, mais j'aurais un service à vous demander.

— Pas de problème, dit Sadie d'un ton léger tout en se demandant ce qui allait suivre. S'il y a quoi que ce soit que je puisse faire, ce sera avec plaisir.

— Justement, vous pourriez m'aider. Je me fais du souci pour mon frère.

— Ah bon ? Il m'a pourtant l'air assez robuste pour surmonter les séquelles de l'accident. À moins qu'il n'ait été plus gravement blessé que ce qui est dit dans la presse ? s'inquiéta soudain Sadie.

Annalisa s'empressa de la rassurer.

— Pas du tout. Il souffre seulement de la gorge et ses poumons sont irrités. Les médecins lui ont cependant conseillé de ralentir le rythme et de se reposer. Le problème, c'est que je ne vais pas pouvoir rester près de lui pendant sa convalescence. Avec l'organisation du mariage, je ne peux pas m'absenter de Madrid pour l'accompagner dans notre résidence de Sierra Nevada. Parce que c'est forcément là-bas qu'il va se rendre en sortant de l'hôpital. Je cherche donc quelqu'un qui puisse s'occuper de lui – s'assurer qu'il mange correctement, qu'il ne fait pas trop d'efforts physiques, ce genre de choses…

Sadie devina la suite dans son regard.

— Désolée, je ne peux pas.

— Mais l'état de ses poumons risque de s'aggraver s'il n'y a personne pour le surveiller ! soupira Annalisa, la mine affligée. Je ne sais vraiment pas comment faire. Alejandro a besoin qu'on veille sur lui pour l'aider à se rétablir. Même s'il prétend le contraire, bien entendu.

— Je vois le tableau d'ici, marmonna Sadie. Si je comprends bien, vous me demandez d'aller là-bas sans y avoir été invitée par votre frère. Vous comptez le lui dire ?

— Évidemment ! s'écria Annalisa, retrouvant le sourire comme par miracle. Je suis certaine que vous adorerez l'endroit. Les montagnes sont splendides et je n'ai jamais vu le visage d'Alejandro s'éclairer comme il le fait quand il vous regarde.

— *Quoi ?*

— Hum… C'est un grand admirateur de votre cuisine, ajouta Annalisa, prudente.

— Il existe d'autres chefs cuisiniers.

— Mais c'est votre cuisine qu'il préfère. Je suis certaine qu'il se rétablira plus vite si vous êtes là.

Pour faire quoi ? susurra une petite voix sous le crâne de Sadie. *Simplement cuisiner ou… un peu plus ?*

Annalisa avait beau être une entremetteuse assez peu subtile, Sadie était terriblement tentée d'accepter sa proposition. Son bon sens lui soufflait cependant de résister à la tentation.

— Je ne pense pas être la mieux placée pour ce travail, dit-elle aussi posément que possible. Je peux vous donner les noms de collègues qui seront ravis de cuisiner pour votre frère.

— Mais c'est vous qu'il désire… Je veux dire, c'est votre cuisine qu'il apprécie. S'il vous plaît, acceptez. Je n'ai pas le temps de chercher d'autres candidats et j'ai peur pour sa santé.

— À cause de sa gorge irritée ?

Se renversant contre le dossier de sa chaise, Annalisa poussa un soupir théâtral.

— D'accord, je vais être franche. Il n'en est pas conscient, mais il a besoin de vous, en ce moment. Je le sais et c'est mon devoir de sœur de venir vous le dire. Qu'avez-vous à perdre ? Si vous ne le supportez pas, vous pourrez toujours jeter un coup d'œil à la cuisine du château qui date de Mathusalem et nous donner des conseils pour sa rénovation.

— Je ne suis pas architecte d'intérieur.

— Sadie, je vous en prie… Je dois beaucoup à mon frère et j'aimerais à mon tour faire quelque chose pour lui.

— Je comprends, mais je ne crois pas qu'il m'apprécie tant que ça. C'est ma cuisine qui lui plaît, pas moi. Et je doute qu'il veuille me voir s'il part là-bas pour s'isoler.

— Mais vous seule pouvez le surveiller et lui faire entendre raison. Je sais que vous ne le laisserez pas vous tyranniser. Et vous lui préparerez de bons petits plats. Allez, Sadie… Faites-le pour moi. De toute façon, il préfère les chevaux aux humains. Vous le verrez rarement.

Sadie sirota une gorgée de café pour se laisser le temps de la réflexion.

— J'aimerais sincèrement vous aider, Annalisa. Mais je ne peux pas m'absenter du restaurant en ce moment.

— Qui a dit ça ?

La voix du chef Sorollo dans son dos la fit sursauter.

— Vous êtes déjà de retour ! Tout va bien ?

— Oui, ce n'était qu'une fausse alerte. Mais vous, *Señorita* Alegon, dit-il en prenant les mains de la jeune femme dans les siennes, comment allez-vous ? Et comment va votre frère ? J'ai appris l'accident, ce matin.

Une fois rassuré, Sorollo se tourna vers Sadie.

— Maintenant que je suis rentré, tu peux prendre des congés, ma grande ! Personne ne le mérite plus que toi.

— C'est sûr, renchérit Annalisa, saisissant la balle au bond. Je demandais justement à Sadie s'il lui serait possible d'aller dans notre résidence de Sierra Nevada cuisiner pour Alejandro. Ça l'aiderait à se rétablir…

— Excellente idée ! trancha Sorollo. D'autant que votre frère m'a demandé, il y a déjà quelque temps, de passer là-bas voir ce qui pourrait être fait pour rénover la cuisine. C'est dans tes cordes, Sadie. Tu nous rendrais un fier service.

Piégée ! Comment s'en sortir quand les deux personnes les plus charmantes qui aient jamais croisé sa route décidaient de se liguer contre elle ?

— L'air de la montagne te fera le plus grand bien, ajouta Sorollo pour faire bonne mesure. Et tu nous rapporteras de nouvelles recettes par la même occasion. Il paraît que la cuisine traditionnelle du coin est un régal. Voilà qui est réglé !

Sadie déglutit, ouvrit la bouche pour dire quelque chose, mais aucun son ne sortit.

— Alors, c'est d'accord ? demanda Annalisa, incapable de dissimuler sa joie.

Elle n'avait pas le choix. Sorollo avait tant fait pour elle qu'elle ne pouvait rien lui refuser.

— Oui, murmura-t-elle, ravalant ses objections.

Sadie avait débarqué tôt le matin sur la place du village après un voyage exténuant en bus sur des petites routes sinueuses. Elle n'était pas loin du nid d'aigle d'Alejandro, mais n'avait pas de localisation précise puisqu'il était prévu que quelqu'un l'attende ici même pour l'y conduire. Sauf qu'il y avait bientôt deux heures qu'elle faisait le pied de grue et que le « quelqu'un » en question n'avait toujours pas pointé le bout de son nez.

La main en visière pour se protéger du soleil, elle contempla les majestueux sommets couronnés de neige qui cernaient le village, notant au passage les sentiers escarpés, peu engageants.

Elle apostropha une vieille femme qui passait à proximité.

— Excusez-moi. Pourriez-vous m'indiquer le chemin pour « El Castillo Fuego » ?

La femme lui indiqua l'un des sentiers qui grimpait à flanc de montagne en lui expliquant dans un mélange de patois et d'espagnol que le château était à moins de cinq kilomètres.

— C'est le seul chemin ? Il n'y a pas de moyen de transport pour s'y rendre ? questionna Sadie en considérant avec appréhension le sinueux raidillon.

La femme secoua la tête.

— Non, seulement à pied. Ou dans l'hélicoptère du duc, ajouta-t-elle avec un mélange de déférence et d'admiration.

— Je vois…

— Vous ne pouvez pas rater le château, assura la femme. Il domine le paysage à des kilomètres à la ronde.

Sadie ajusta les bretelles de son sac à dos qui lui semblait soudain peser deux tonnes à l'idée de l'ascension qui l'attendait.

— J'ai hâte de le voir. Merci pour votre aide.

Au moins, à présent, le plan était clair dans sa tête. Grimper là-haut. Nourrir l'invalide. Évaluer l'état de la cuisine. Et repartir.

Décidée à ne pas se laisser abattre, elle resta optimiste durant les cinq cents premiers mètres. Après quoi, il devint évident que son métier de restauratrice ne l'avait pas préparée à la randonnée.

Alejandro pressa les flancs de Thor, un pur-sang noir comme l'ébène, et s'engagea sur la piste à flanc de montagne.

Il y avait ici tout ce dont il avait besoin – la solitude, l'air frais du matin, le vent, le bruit d'une cascade toute proche ponctué par le cri intermittent d'un aigle et…

Un appel au secours ?

En anglais ?

Par une voix féminine étrangement semblable à celle de Sadie Montgomery ?

Aussitôt, il y vit la marque de sa sœur. Dans son obstination à vouloir le chouchouter, elle n'avait probablement rien trouvé de mieux que de lui envoyer un ange gardien pour s'assurer qu'il ne mourrait pas de faim. Mais voilà… L'ange en question avait besoin d'aide.

Accélérant l'allure, Alejandro contourna un éperon rocheux pour découvrir une scène qui le laissa bouche bée.

Passé le premier instant de stupéfaction, il évalua rapidement la situation. Sadie Montgomery n'était pas vraiment en danger, mais c'était un miracle qu'il soit passé par là. Mal équipée pour marcher en montagne, elle avait dérapé sur le sentier caillouteux et dévalé la pente en contrebas. Par chance, les bretelles de son sac à dos s'étaient emmêlées dans les branches d'un arbre. Mais compte tenu de sa position délicate – suspendue, ses pieds touchant à peine le sol – elle n'avait aucune chance de se libérer seule.

— Qu'est-ce que vous faites là ?

— Je me promène dans le coin, ça ne se voit pas ?

— Depuis combien de temps ?

— Une vingtaine de minutes. C'est grave ?

— Un peu, oui. Si je n'étais pas passé à proximité et si je n'avais pas entendu votre appel, que se serait-il passé, à votre avis ?

La mine renfrognée de Sadie lui arracha un sourire mi-agacé, mi-amusé. Son imprudence avait beau l'irriter, il était soulagé de l'avoir trouvée indemne. Cela dit, il n'était pas contre l'idée de la laisser souffrir un peu.

Inclinant la tête, il la contempla tout en laissant Thor

brouter tranquillement à quelques mètres de l'arbre dont elle était prisonnière.

— Le spectacle vous plaît ? maugréa-t-elle. Vous comptez rester ici longtemps à me regarder ?

— Ne me tentez pas…

Elle le fusilla du regard, le visage à hauteur du sien, tandis qu'il approchait avec sa monture.

— Vous ne m'avez toujours pas expliqué ce que vous faites ici.

— Sorollo m'a demandé de venir jeter un coup d'œil à la cuisine du château pour établir un plan de rénovation, répondit-elle d'un ton trahissant son exaspération. Ce qui risque d'être compliqué si je reste coincée dans cet arbre.

— Exact.

— Votre sœur craint également que vous ne dépérissiez si personne ne veille à vous nourrir correctement. D'après elle, vos poumons ont souffert. Au fait, vous allez bien ?

— Il me semble.

— Tant mieux. Bon, maintenant que vous savez tout, vous pouvez me décrocher ?

Alejandro n'était pas pressé, le spectacle étant des plus plaisants. Libérée de la toque blanche, la chevelure d'or roux de Sadie ruisselait jusqu'à sa taille et il ne pouvait s'empêcher d'imaginer y plonger ses doigts.

— Surtout ne vous pressez pas, ironisa-t-elle. C'est un plaisir de se balancer aux arbres en admirant le paysage.

— Dans ce cas…

Avec un sourire cruel, il fit tourner bride à sa monture et s'éloigna de quelques mètres.

— Eh, ne partez pas ! cria Sadie dans son dos. Vous allez me sortir de là, quand même !

Il y avait à présent un léger doute dans sa voix.

Alejandro revint sur ses pas.

— Si vous insistez…

Furieuse, elle jura entre ses dents tandis qu'il positionnait Thor de façon à pouvoir la libérer. Dégainant son couteau, il trancha les bretelles du sac à dos et la rattrapa avant qu'elle ne glisse plus bas dans la pente.

— Vous êtes du genre pénible, dit-il en la soulevant sans ménagement pour l'asseoir devant lui sur la selle. Soit vous refusez de me voir, soit vous me collez aux basques ! Si je vous emmène au château, c'est uniquement pour ne pas vous laisser en pâture aux lions des montagnes.

Il referma un bras sur sa taille.

— Nous parlerons de votre stupidité plus tard, ajouta-t-il en réponse au bafouillage indigné de Sadie.

— *Ma* stupidité ?

— Errer en montagne sans équipement adapté, c'est un peu bête, non ? Comment le formuleriez-vous autrement ?

— Ce n'est pas ma faute si personne n'est venu me chercher au village comme prévu.

— Je n'ai pas été averti de votre arrivée. Sinon, je vous aurais ordonné de ne pas venir.

— Vous m'auriez *ordonné* ?

Cette fois, elle était vraiment hors d'elle. Preuve que le feu couvait sous la glace, conclut Alejandro en mettant leur monture au trot. Il resserra l'étreinte de son bras sur sa taille.

— J'espère que vous savez monter à cheval.

— Ne vous inquiétez pas pour ça. Vous pouvez me lâcher.

— Quand je le jugerai bon. Vous m'avez déjà assez retardé. Je ne tiens pas à vous voir chuter de cheval par-dessus le marché.

Comme Sadie exprimait son mécontentement, il prit conscience de son corps pressé contre le sien. Elle était menue, mais plus musclée qu'il ne s'y attendait. Forte et fragile à la fois.

— Accrochez-vous à mon bras, dit-il en poussant Thor au galop.

— Vous croyez que je vais tomber comme un vieux sac à patates ?

— Je ne vous décrirais pas tout à fait comme ça,

répliqua-t-il quand elle se tordit le cou pour lui décocher un regard noir.

— Vous me décririez comment ? ne put-elle s'empêcher de demander.

Dans son dos, Alejandro esquissa un sourire et resta silencieux. C'était une question à laquelle il préférait ne pas répondre tout de suite.

4.

Sadie avait l'impression de flotter sur un petit nuage tandis qu'ils chevauchaient ensemble. Le corps d'Alejandro contre son dos était dur et solide. Elle percevait la pression de ses cuisses contre les flancs du pur-sang qu'il dirigeait avec assurance sur les pentes escarpées.

Annalisa avait dit vrai. En montagne, c'était un homme différent. Vêtu d'un jean et d'un T-shirt fané, il portait avec lui l'odeur des herbes, du soleil et du grand air. Il n'était plus l'aristocrate austère, l'élégant et distant Don Alegon, mais un homme d'une beauté sauvage à l'image de la nature autour d'eux. Il était aussi plus détendu, assez pour plaisanter, ce qui pourrait être le prélude à quelque chose d'autre… Quelque chose de plus inquiétant et cependant excitant. Ce n'était pas tous les jours qu'elle montait un magnifique étalon mené de main de maître par un cavalier aussi émérite.

Était-il aussi doué dans tous les domaines ?

Probablement, susurra la petite voix insidieuse sous son crâne.

Alejandro ralentit l'allure.

— Vous vous tenez bien en selle, observa-t-il, l'arrachant à ses pensées incongrues.

Sadie inspira profondément et se redressa pour mettre quelques centimètres de distance entre leurs corps et reprendre ses esprits avant de répondre :

— Il y avait un haras près de chez moi. Je passais beaucoup de temps avec les chevaux quand j'étais enfant.

Pour elle, c'était le seul moyen de s'éloigner de ses parents en conflit permanent et de combler sa solitude, puisque aucun gamin n'était autorisé à franchir le seuil de la luxueuse maison familiale.

— Quand le propriétaire en a eu assez de me voir épier ses chevaux à travers la clôture, il m'a donné des leçons d'équitation. Malheureusement, je n'ai plus eu l'occasion de monter à cheval depuis que j'ai quitté l'Angleterre. Aujourd'hui, c'est une première !

Son plaisir était tel qu'elle avait du mal à le dissimuler.

— Il y a des chevaux au château. Mais ne sortez jamais seule, prévint Alejandro. Ces montagnes sont dangereuses pour ceux qui ne les connaissent pas.

Il y eut ensuite un long silence ponctué par les crissements de la selle. Puis, de façon surprenante, Alejandro se mit à bavarder, à lui poser des questions sur son parcours et ce qui l'avait amenée à faire carrière dans la restauration.

— Vous êtes sacrément volontaire, commenta-t-il après qu'elle lui eut exposé ses tribulations depuis sa ville natale du nord de l'Angleterre jusqu'en Espagne.

— J'aime aller jusqu'au bout de ce que j'entreprends.

— Je vois ça. Mais aujourd'hui, ça aurait pu mal se terminer.

— Un incident malencontreux, répliqua Sadie avec une insouciance qui arracha un froncement de sourcils réprobateur à son sauveteur.

Ils s'enfonçaient toujours plus avant dans les montagnes, quand soudain, au détour d'une crête, le château apparut.

Sadie s'était imaginé un bâtiment majestueux, mais classique, aussi fut-elle stupéfaite de découvrir un édifice de pierre colossal, enchâssé dans la paroi rocheuse.

— À l'origine, c'était un monastère, précisa Alejandro.

L'endroit idéal pour un homme d'affaires en quête de paix, loin des exigences professionnelles et mondaines de la capitale, songea Sadie. Mais il y avait cette autre facette d'Alejandro dont elle avait entendu parler, celle du roi tzigane. Et c'était cet homme-là qui l'attirait, celui dont elle venait d'avoir un aperçu… le cavalier fougueux, impressionnant, sauvage.

Quel amant serait-il ?

Seigneur, qu'allait-elle imaginer ? Elle n'avait pas l'étoffe d'une duchesse, encore moins celle d'une reine tzigane. Cuisiner, dormir, faire la plonge et retourner aux fourneaux, c'était sa vie. Et jusqu'ici, ça lui convenait parfaitement.

Vraiment ?

Écartant ses pensées saugrenues, elle leva les yeux sur les hautes murailles de granit avec un mélange d'excitation et d'appréhension alors qu'ils franchissaient les grilles du château et s'avançaient dans une cour pavée aussi vaste qu'un terrain de football.

Alejandro sauta à terre et se tourna vers Sadie pour l'aider à descendre. Le contact de ses mains fermes sur sa taille lui fit l'effet d'une décharge électrique et elle sentit ses joues s'empourprer quand ils se retrouvèrent face à face pour la première fois depuis le sauvetage.

En dépit de son air impassible, Alejandro dégageait un magnétisme incroyable. Et pour ne rien arranger, de près, c'était vraiment le plus bel homme qu'elle ait jamais vu avec son profil aristocratique, la ligne volontaire de sa mâchoire, la fine arête de son nez, ses pommettes saillantes, les cils d'un noir d'encre soulignant son regard de braise et sa bouche arrogante, mais si sensuelle qu'elle aurait inspiré Michel-Ange.

Assez ! Elle était ici pour étudier les possibilités de rénovation d'une cuisine et redonner des forces à un prétendu convalescent.

— La *señorita* est fatiguée, lança Alejandro à une femme aux cheveux blancs qui s'avançait vers eux. Elle a besoin de se rafraîchir. Installe-la dans une chambre d'amis.

Comme il ne semblait pas vouloir la lâcher, Sadie essaya discrètement de se dégager.

— Je peux marcher. Inutile de vous déranger, ajouta-t-elle à l'adresse de la vieille femme. Je préfère me mettre au travail sans perdre de temps. Vous pouvez me montrer la cuisine ?

— Bien sûr.

— Maria, ma gouvernante…, marmonna Alejandro, n'ayant d'autre choix que de lâcher Sadie.

— Suivez-moi, dit Maria avec un sourire en les précédant dans un vaste hall.

— Mon sac à dos…

— On vous l'apportera dans votre chambre, trancha Alejandro en lui indiquant l'escalier d'un geste péremptoire.

De toute évidence, l'homme n'acceptait pas la contradiction.

Sadie ravala un soupir. Bon, d'accord, elle n'était pas contre un brin de toilette avant d'examiner la cuisine. Mais elle était tout de même déçue par ce brusque revirement d'attitude. Don Alejandro passait du mode « détendu » au mode « autoritaire » quand ça lui convenait. Eh bien, elle, ça ne lui convenait pas du tout et elle le lui signalerait poliment à la première occasion !

Elle s'engagea dans l'imposant escalier, impressionnée malgré elle par le décor mêlant l'ancien au contemporain. Un mélange déconcertant, à l'image du propriétaire des lieux.

— On se verra plus tard, l'informa ce dernier en passant devant elle.

— Et votre dîner ?

— Quoi, mon dîner ? Je mange rapidement vers 20 heures. Ça vous laisse le temps de trouver la cuisine et de préparer quelque chose de comestible.

Vexée, Sadie le regarda grimper les marches quatre à quatre et disparaître derrière une porte qu'il claqua derrière lui.

Elle ferait mieux d'oublier les inquiétudes d'Annalisa et de le laisser mourir de faim. Le duc avait beau être différent de celui qu'il était à la capitale, c'était toujours un ours. Un ours terriblement séduisant, cela dit. Aucun homme ne devrait avoir le droit d'être aussi sexy. Un tel physique n'existait qu'en rêve ou sur les écrans de cinéma !

Maria rompit le bref silence provoqué par la soudaine disparition de son seigneur et maître.

— Don Alejandro possède plusieurs propriétés à travers le monde, mais c'est celle-ci qu'il préfère. Il est tellement heureux quand il vient ici !

Qui ne le serait pas dans ce cadre à couper le souffle ? songea Sadie en contemplant, par les fenêtres en ogive, les cimes enneigées à perte de vue.

— Le site est splendide. Mais je suis venue ici pour examiner la cuisine. Je n'en aurai pas pour longtemps. Inutile de m'installer dans une chambre d'amis.

— Don Alejandro a insisté, fit Maria avec un haussement d'épaules signifiant que le sujet était clos.

— Juste pour une nuit, alors, concéda Sadie. Je repartirai demain matin.

La vieille femme lui sourit.

— Nous aimons avoir de la visite et ce serait dommage de rater le festival.

— Quel festival ?

— Notre festival annuel de flamenco. Il clôture les six semaines de stage auquel participent des artistes du monde entier. Le stage a lieu au campement tzigane, un peu plus haut dans les montagnes. Nous sommes en pleins préparatifs.

Aussitôt, le côté professionnel de Sadie prit le dessus. S'il y avait un festival, il fallait prévoir la restauration. Par conséquent, il n'y avait pas de temps à perdre.

— Dans ce cas, je ferais bien de descendre tout de suite voir la cuisine pour qu'elle soit en état de fonctionner le jour J.

Maria fronça les sourcils.

— La cuisine ne sert plus depuis longtemps. Pour ce genre d'événement, le duc fait appel à des traiteurs qui montent tout le nécessaire par hélicoptère.

— Comment fait-il pour se nourrir le reste du temps ?

— J'achète ce qu'il faut au village. S'il veut manger chaud, il utilise le micro-ondes.

— *Un micro-ondes ?* s'exclama Sadie, choquée. Vous êtes sûre ?

— Absolument. C'est moi qui l'ai réceptionné, il y a une bonne vingtaine d'années. Comme tout le reste des appareils.

La vieille femme esquissa une grimace ennuyée.

— D'ailleurs, je ne suis pas certaine qu'ils fonctionnent encore. La plupart n'ont pas servi depuis des lustres.

Aïe ! La situation était pire que prévu. Si Sorollo ne comptait pas sur elle pour examiner cette maudite cuisine, elle partirait sur-le-champ.

— Voici votre chambre, annonça Maria en poussant une lourde porte de chêne. J'espère que vous vous y plairez.

— Certainement. Merci beaucoup.

— C'est le duc qu'il faut remercier.

Elle le remercierait. Avec un dîner. Et un dîner seulement.

Sadie Montgomery était là. Sous son toit. À quelques mètres ! Et c'était suffisant pour le perturber. Qu'avait-elle donc de si spécial cette femme qui semblait prendre un malin plaisir à le provoquer à la moindre occasion ?

Lui, qui s'efforçait de ne jamais perdre la maîtrise de lui-même, sentait son côté tzigane revenir en force, cette passion bouillonnante qui faisait de lui un autre homme, incapable de refréner ses pulsions, brûlant d'impatience.

Oui, il voulait revoir cette femme exaspérante. Mais avant cela, sa sœur lui devait des explications. !

Elle décrocha dès la première sonnerie.

— À quoi tu joues, Annalisa ?

— Oh, mon Dieu ! Dis-moi que Sadie est bien arrivée. Je me suis fait un sang d'encre quand j'ai appris qu'il y avait eu une confusion sur l'horaire pour venir la récupérer au village.

— Rassure-toi, elle est là. Ce que je veux savoir, c'est pourquoi.

— Pourquoi ? Pour remettre la cuisine en état, évidemment. Et t'aider à organiser la restauration pendant le festival… Ça me paraît logique.

— Vraiment ?

L'image de Sadie suspendue aux branches d'un arbre s'invita dans son esprit.

— Elle n'est pas à sa place ici. Ni dans ces montagnes ni au milieu des danseurs de flamenco.

— Je ne vois pas pourquoi.

Alejandro crispa les mâchoires.

— Eh bien moi, si ! Je ferais mieux de la renvoyer chez elle.

— Pour quelle raison ?

— Peu importe.

Parce que le flamenco était un art sensuel, viscéral, indomptable, qui éveillait des passions folles, comme celles qui avaient précipité ses parents dans les bras l'un de l'autre. Et parce qu'il y avait de la magie dans ces montagnes. Leur mère disait qu'il s'y passait des choses qui n'arrivaient nulle part ailleurs. Alejandro ressentait cette magie, cette force mystérieuse. Et il ne voulait pas voir sa vie chamboulée par l'irruption de Sadie Montgomery. Ses responsabilités ne le permettaient pas.

Il y eut un long silence au bout du fil. Une première pour Annalisa. D'habitude, elle ne lâchait pas le morceau si facilement.

— Ça va, sinon ? demanda-t-il, songeant aussitôt au prince.

— Ne te mêle pas de ça ! riposta Annalisa qui savait lire dans ses pensées. Je suis adulte et mes choix ne regardent que moi. Occupe-toi plutôt de tes affaires et sois gentil avec Sadie ! conclut-elle avant de raccrocher.

Alejandro contempla le téléphone, dans sa main. Quand ce n'était pas Sadie qui le tourmentait, c'était sa sœur.

Il allait s'éloigner de la fenêtre quand il aperçut Sadie, en contrebas, qui traversait la cour. Elle s'immobilisa et, sans bouger la tête, leva les yeux comme si elle avait pressenti son regard fixé sur elle. Puis elle poursuivit son chemin.

Était-ce un effet de son imagination ou souriait-elle ? Il n'aurait su dire.

5.

Comparée au reste du monastère magnifiquement restauré, la cuisine faisait figure de terre oubliée. Sadie avait l'impression de remonter le temps en posant précautionneusement les pieds sur les marches usées par les siècles du vieil escalier de pierre qui descendait dans les profondeurs du château. Arrivée en bas, elle poussa une porte qui s'ouvrit avec un grincement sinistre sur une pièce voûtée, sombre et humide.

Dire de la cuisine du château qu'elle était vétuste tenait de l'euphémisme. Mais il en fallait plus pour décourager Sadie. Après un rapide examen des lieux, elle repéra quelques points positifs, notamment un vaste évier en pierre et un monte-plats équipé d'un simple système de poulies qu'il serait facile de remettre en marche. Il y avait aussi des légumes frais sur le comptoir en faïence et de la charcuterie dans le réfrigérateur. Préparer le dîner du *maître* était le meilleur moyen de savoir ce qui manquait pour faire de cet endroit une cuisine digne de ce nom.

— J'imagine que ce n'est pas à la hauteur de vos exigences.

Respire ! Secouée par un frisson d'excitation mêlée d'appréhension, Sadie pivota sur elle-même.

Tel l'ange des ténèbres sorti d'un roman gothique, avec ses joues ombrées par une barbe de deux jours et ses cheveux d'un noir d'encre, Alejandro la contemplait, nonchalamment appuyé au chambranle de la porte.

— Vous êtes là depuis longtemps ? questionna-t-elle en relevant le menton d'un air de défi.

— Assez longtemps.

Lentement, il se redressa et s'approcha.

— Je croyais vous avoir fixé un délai pour le dîner.

— En effet. Vous avez faim ?

— Toujours.

Sadie se sentit rougir malgré elle.

Zut ! Pourquoi donc imaginait-elle un sous-entendu dans chaque mot prononcé par cet homme ?

Prenant une mine affairée, elle se mit à trier les légumes, puis elle sortit la charcuterie du réfrigérateur sous le regard impassible d'Alejandro.

— Faites la liste de ce dont vous avez besoin, dit-il en la voyant chercher une casserole. Si vous voulez réchauffer un plat, le micro-ondes fonctionne.

— Je n'utilise jamais de micro-ondes.

— Ici, ce n'est pas le El Gato Feroz, répliqua sèchement Alejandro.

Non seulement, l'homme ne tolérait pas la contradiction, mais il supportait mal la critique, nota Sadie en échangeant avec lui un regard noir.

— Je vais pouvoir manger quelque chose ce soir, oui ou non ? reprit-il, provocant.

— Oui. Si je peux travailler sans être dérangée !

Consciente d'avoir peut-être dépassé les bornes, elle risqua un coup d'œil par-dessus l'épaule. Le duc restait silencieux, et l'expression de son visage était indéchiffrable.

Lentement, il tira une chaise et s'assit à la table en pierre qui trônait au centre de la pièce.

Sadie lui tourna le dos.

Il lui fallut plus de temps que d'ordinaire pour préparer une assiette froide. Elle cherchait ses marques dans la cuisine tout en essayant d'éviter Alejandro – mission quasi impossible tant il semblait occuper tout l'espace.

La cuisine était depuis toujours son territoire, son

refuge, mais pas ce soir. Ce soir, elle s'agitait comme une débutante.

Elle devait à tout prix reprendre la situation en main.

— Miel et citron, dit-elle au bout d'un moment en lui tendant une tasse fumante. Pour calmer l'irritation de votre gorge.

— Ma gorge va très bien, *docteur*. Merci quand même.

Elle ne put s'empêcher de tressaillir quand leurs mains se frôlèrent et elle vit à la lueur amusée dans ses yeux noirs qu'il savait pertinemment l'effet qu'il exerçait sur elle.

— Délicieux, murmura-t-il sans la lâcher du regard, un demi-sourire au coin des lèvres.

L'autre homme, le roi tzigane, était de retour. Incroyable, cette faculté qu'il avait de passer en un éclair d'une personnalité à l'autre.

Quand il lui rendit la tasse, de nouveau leurs doigts se frôlèrent, offrant à Alejandro le plaisir de constater à quel point elle était réceptive.

— Pour le petit déjeuner, comment préférez-vous vos œufs ? demanda-t-elle avec un sourire qu'elle espérait professionnel.

— Cuits sur un feu de camp.

— Ne plaisantez pas. Vu l'état des lieux, il se pourrait qu'on n'ait pas le choix, répliqua-t-elle en jetant un regard circulaire sur la cuisine délabrée.

— Je ne plaisante pas. Avez-vous établi ce dont vous avez besoin ?

— Pas encore. J'étais occupée à préparer votre dîner.

Saisissant l'assiette sur le comptoir, elle la posa bruyamment devant lui. Qu'elle ne la lui ait pas renversée sur la tête tenait du mystère. Peut-être avait-il enfin saisi le message : elle n'était pas son larbin !

Il dîna en silence puis, une fois son assiette terminée, leva les yeux sur elle.

— Soyez prête à partir demain matin pour le camp tzigane.

Comme elle ne répondait pas, il ajouta avec un petit sourire en coin :

— Ce n'est pas ce que vous attendiez, non ?

— En fait, non… Pas vraiment. Je m'attendais à ce que vous me disiez merci.

Elle vit ses yeux lancer des éclairs et sa voix claqua.

— Nous partirons à l'aube.

— Et ma liste ?

— Mettez-la par écrit. Je la lirai quand j'aurai le temps.

— Je l'ai déjà en tête.

Il se leva.

— Ça va me coûter cher ?

— Moins cher que de faire appel à des traiteurs, ne put s'empêcher d'ironiser Sadie.

Comme elle se penchait pour prendre l'assiette vide sur la table, ils faillirent se heurter. Ils jouaient au chat et à la souris et Sadie n'avait aucun doute quant au rôle qu'elle tenait. Elle poussa un petit cri en sentant la main d'Alejandro lui saisir le bras.

— On dirait que ça vous amuse de me provoquer, *señorita*.

— Pas du tout, je vous assure.

Baissant les yeux sur sa main, elle attendit qu'il la lâche.

Ce qu'il fit. Mais l'espace d'une fraction de seconde seulement, avant de l'attirer de nouveau vers lui d'une poigne impérieuse.

— Posez cette assiette.

Surprise, Sadie obtempéra, fascinée malgré elle par ses lèvres magnifiques à hauteur de ses yeux, persuadée qu'il allait l'embrasser. Ce qu'il fit. Poliment, sur chaque joue.

— Merci, *señorita*, pour ce délicieux dîner.

Elle se serait giflée. Quelle idiote d'avoir pu imaginer une seconde qu'il allait l'embrasser sur la bouche ! Don Alejandro de Alegon était un séducteur, un homme d'expérience. Il se moquait d'elle tout simplement. Il avait deviné à quoi elle pensait, ce qu'elle avait *espéré*. Et se savoir aussi transparente était au moins aussi inquiétant que la perspective de rejoindre un camp de gitans perdu en pleine montagne.

— Soyez prête à l'aube, lui rappela-t-il avant de quitter la pièce.

De retour dans ses appartements, Alejandro leva son verre de cognac avec un sourire satisfait. La déception de Sadie quand il l'avait embrassée sur la joue parlait d'elle-même. Cela dit, c'était une jeune femme téméraire, du genre à lutter pied à pied sans rien céder. Ce qui rendait d'autant plus excitante l'idée de prolonger cette lutte jusqu'à la reddition totale…

Certain de trouver Sadie encore dans la cuisine à explorer les placards, il décrocha le téléphone de service.

— Allô ?

Elle parut surprise de l'entendre.

— J'ai peut-être été un peu abrupt, concéda-t-il. Je tenais juste à vous préciser que vous avez carte blanche pour rénover la cuisine – tout ce dont vous avez besoin sera livré par hélicoptère.

— Très bien.

Elle marqua une courte pause.

— Vous aurez ma liste demain matin. J'espère que votre hélicoptère est suffisamment gros.

— Il est énorme.

Il y eut un silence électrique, puis elle demanda :

— Vous vous moquez de moi ?

— Vous croyez ?

— Oui. Bon, si c'est tout ce que vous aviez à me dire, je vous laisse. J'ai du boulot !

Elle le congédiait ?

Amusé plus qu'agacé, Alejandro lui souhaita bonne nuit. Décidément, cette jeune femme à la fois sûre d'elle et trop émotive l'intriguait au plus haut point. Demain soir, au campement, dans un cadre radicalement différent, loin de sa zone de confort qu'était la cuisine, ce serait intéressant de voir s'il existait une autre Sadie…

Sadie n'avait jamais assisté à un festival de flamenco. Maria lui avait expliqué que des danseurs et des musiciens du monde entier y venaient chaque année se perfectionner et transmettre leur art.

Le convoi de chevaux progressait dans la fraîcheur du petit matin depuis deux bonnes heures quand le sentier escarpé déboucha soudain sur un vaste plateau cerné de falaises semblables aux murailles d'une cathédrale au-dessus d'une multitude de roulottes de couleurs vives.

Leur arrivée fut accueillie avec chaleur. En voyant la foule se masser le long du chemin, Sadie comprit d'où Alejandro tenait sa beauté. Il avait hérité du peuple tzigane ses yeux sombres et ses cheveux d'ébène. Il était des leurs, fier et altier avec ses traits ciselés et son regard d'aigle.

Un groupe d'hommes s'approcha pour conduire leurs chevaux au centre du campement. Ils parlaient une langue étrangère aux oreilles de Sadie, mais dans laquelle Alejandro s'immisça naturellement. Ce fils d'aristocrate espagnol et d'une princesse tzigane était aussi à l'aise au cœur des montagnes que dans les salons madrilènes. Mais l'homme qu'elle préférait, c'était le ténébreux cavalier à l'aura autrement plus redoutable que l'élégant duc d'Alegon.

Elle retint son souffle quand il posa les mains sur sa taille pour la faire descendre de cheval. Et durant ces quelques secondes, elle eut une conscience aiguë de sa chaleur, de sa force, de son odeur…

— Vous aimeriez danser ? s'enquit-il en la voyant tourner les yeux vers les couples de danseurs qui s'entraînaient sur un plancher en bois.

— Dans cette tenue ?

Sadie baissa les yeux sur son jean et son T-shirt.

— Pourquoi pas ?

Il lui décocha un regard qui lui fit l'effet d'une brûlure sur sa peau.

— Mieux vaut que je m'abstienne. Je vous marcherais sur les pieds.

— Je me suis mal exprimé. Aimeriez-vous prendre un cours de flamenco ?

Sadie se sentit rougir jusqu'aux oreilles.

— J'ai deux pieds gauches et je n'ai aucun sens du rythme, dit-elle, se ressaisissant rapidement.

— Avez-vous seulement essayé ?

La lueur dans le regard d'Alejandro donnait à cette simple question l'allure d'une dangereuse proposition.

— D'accord, fit Sadie d'un ton léger pour dissimuler son trouble. Je veux bien essayer.

Son corps la suppliait de laisser cet homme lui apprendre à danser. Mais de nouveau, Alejandro la prit au dépourvu.

Il appela une beauté aux yeux de biche et lui demanda d'enseigner à Sadie les figures de base du flamenco.

La jeune femme se présenta.

— Je m'appelle Marissa. Suivez-moi. Il faut d'abord changer de tenue pour vous mettre dans l'ambiance.

Il faudrait bien plus qu'une robe et une paire de castagnettes pour faire d'elle une danseuse de flamenco, se dit Sadie, les joues en feu, mortifiée de s'être méprise une fois de plus sur la proposition d'Alejandro.

Heureusement, la découverte du campement et la nature chaleureuse de Marissa lui firent bien vite oublier sa gêne. Rapidement, elles en vinrent à se tutoyer et à se découvrir des points communs. Elles étaient toutes deux farouchement indépendantes et méfiantes à l'égard des hommes – Sadie parce qu'elle avait eu une enfance malheureuse, dominée par un père qui n'hésitait pas à frapper son épouse quand il était ivre, et Marissa, parce qu'elle n'avait décidément pas de chance en amour.

Cette dernière l'invita à entrer dans sa roulotte. L'intérieur était douillet, coloré et très lumineux avec des stores festonnés à motifs de tournesols aux fenêtres.

— Assieds-toi le temps que je te trouve une tenue, dit-elle en fouillant dans un coffre. Je suis contente que mon frère t'ait amenée ici.

— Alejandro est ton frère ?

— Mon demi-frère. Nous sommes nés de la même mère. Mes parents se connaissaient depuis l'enfance. Maman avait à peine dix-huit ans à ma naissance. Ils ont rompu quand elle a rencontré le père d'Alejandro. J'ai été confiée à la garde de ma famille paternelle qui vivait ici – c'était le prix à payer pour ma mère. Personne n'aurait pu prévoir qu'en grandissant Alejandro m'aimerait comme sa sœur. C'est le frère le plus attentionné qui soit. Il n'y a pas meilleur que lui.

Marissa brandit une splendide jupe turquoise brodée d'or accompagnée d'un corsage en dentelle blanche.

— Pour moi ? s'exclama Sadie, médusée.

— Ce sera parfait avec ton teint clair et la couleur de tes cheveux.

La tenue mettait également en évidence ses atouts féminins, s'inquiéta Sadie en l'enfilant. La dentelle du corsage était si fine qu'elle laissait peu de place à l'imagination.

— Il faut le porter ainsi, expliqua Marissa en lui montrant comment nouer le ruban de sorte que le décolleté dévoile la ligne des épaules. Sexy, hein ? J'ai travaillé dans un bureau à Madrid, je sais comment ça se passe là-bas. Mais ici…

Elle releva les yeux sur Sadie avec un sourire coquin.

— Tout est permis.

— Tout de même… Il n'y a rien de plus discret ? demanda Sadie, perdant courage en baissant les yeux sur sa poitrine.

— Pourquoi dissimuler tes charmes ? Tu as peur d'attirer les regards ?

— Non, mais je suis ici pour travailler et je ne voudrais pas que Don Alejandro se fasse des idées.

— Sérieusement ? gloussa Marissa. Vu la façon dont il te regarde, j'ai du mal à croire que vous ne soyez pas encore amants.

— Pas du tout ! s'étrangla Sadie.

Marissa haussa les épaules avec un petit sourire entendu.

— Si tu le dis.

— Absolument, insista Sadie avant de rire devant la mine espiègle de la jeune femme et tout à sa joie de porter une tenue aussi glamour.

— Détache tes cheveux, conseilla Marissa en examinant sa protégée d'un œil critique. Moi, c'est différent, dit-elle en lissant sa chevelure rassemblée en un chignon strict sur la nuque. Je suis des cours de flamenco, tandis que toi…

— Je suis ici pour travailler, rappela Sadie.

— Bien sûr, acquiesça Marissa avec le plus grand sérieux.

— Non, vraiment, je suis…

Sadie poussa un cri. Marissa venait d'ôter les épingles qui retenaient ses cheveux.

— Cette fois, c'est sûr, mon frère va craquer, dit-elle en reculant d'un pas pour admirer son œuvre.

— Ce n'est pas ce que je cherche ! protesta Sadie tout en se demandant qui elle voulait convaincre.

— Tu devrais. Alejandro est le célibataire le plus convoité d'Espagne. Et maintenant, regarde-toi dans le miroir.

Sadie faillit tomber à la renverse devant sa métamorphose.

— Tu es superbe, insista Marissa en lisant l'incertitude dans ses prunelles. Il va perdre la tête quand il te verra.

6.

Alejandro rentrait au campement quand il vit Sadie sortir de la roulotte de Marissa. Sa première réaction fut l'incrédulité, très vite supplantée par le besoin primitif de revendiquer son droit sur cette femme à la beauté ensorcelante. La traditionnelle tenue tzigane l'avait transformée. Sadie Montgomery n'était plus seulement séduisante, elle était sublime.

Il se raidit en constatant que ses compagnons de chevauchée n'avaient d'yeux que pour elle, eux aussi. Comment leur en vouloir ? Comment ne pas remarquer sa silhouette aux courbes délicates, ne pas rêver d'enfouir les doigts dans ses boucles flamboyantes ?

Sadie avait rallié l'équipe chargée d'apporter les plats sur les tables dressées pour la soirée, devant la piste de danse. Elle essayait d'être naturelle, malgré le regard d'Alejandro rivé sur elle, intense, brûlant, qui excitait chaque fibre de son être, mettant ses nerfs à rude épreuve.

N'y tenant plus, elle finit par pivoter pour fixer son visage arrogant et lui faire baisser les yeux. Mais son cœur s'emballa quand il accepta le défi d'un hochement de tête amusé. Ses bras nus aux muscles saillants, croisés sur son torse, il continuait de la dévisager, alors que son jean taille basse, retenu par un lourd ceinturon de cuir, moulait ses longues jambes.

— Ça va ? s'enquit Marissa, l'arrachant à sa transe.

Tu as besoin d'aide ? Oh ! je vois… C'est Alejandro qui te déconcentre.

Sadie réalisa brusquement qu'elle s'était figée, une pile d'assiettes sur les bras.

— Ne dis pas de bêtises ! s'esclaffa-t-elle d'un rire peu convaincant, même à ses propres oreilles. Je suis ici pour réaménager la cuisine de ton frère au château. Rien de plus.

Marissa haussa un sourcil.

— Réaménager la cuisine d'un homme ? C'est… une manière originale de décrire les choses. J'espère que tu vas vite remettre de l'ordre dans ses casseroles, alors !

Alejandro regardait avec plaisir les deux jeunes femmes rire ensemble. Sadie s'était étonnamment bien intégrée à la vie du campement.

L'atmosphère entre eux se chargea de nouveau d'électricité quand elle tourna la tête vers lui. *Elle aussi avait envie de lui.* Il le lisait sur son visage et son instinct le trompait rarement. Mais il ne voulait pas la brusquer. Il était las des conquêtes trop faciles. Sadie se moquait qu'il soit duc, milliardaire ou simple ouvrier. Et pour la première fois de sa vie, il n'était pas certain de parvenir à ses fins avec elle – ce qui la rendait d'autant plus fascinante.

Faisant mine de flâner, il s'avança vers les deux femmes. Il était à mi-chemin de sa cible quand Marissa, devinant sans doute ses intentions, s'éclipsa pour le laisser en tête à tête avec Sadie.

Relevant le menton, celle-ci planta ses yeux dans les siens, comme pour le sommer de tirer les choses au clair entre eux. *Sommes-nous juste un homme et une femme ou bien le puissant duc d'Alegon et Sadie Montgomery, simple cuisinière ?*

— Venez vous asseoir à ma table, Sadie.

— Je m'assiérai quand tout le monde sera servi.

— Oubliez donc vos fonctions, pour une fois.

— Il vous arrive de les oublier, *vous* ?

— Jamais, reconnut Alejandro en ravalant un soupir agacé.

C'était la femme la plus attirante qu'il ait jamais rencontrée, mais aussi la plus exaspérante.

— Venez me rejoindre quand vous aurez terminé le service, alors ?

— S'il reste encore une petite place à votre table.

— Il y en aura une.

La proximité de Sadie le mettait au supplice. De loin, elle était ravissante. De près, elle était irrésistible.

— La tenue tzigane vous sied à merveille.

— Merci…

Sur ce, sans plus de cérémonie, elle lui tourna le dos pour poursuivre le service.

Elle faisait preuve d'un sang-froid admirable, songea-t-il en la regardant s'éloigner. Le perdrait-elle quand il poserait les mains sur son corps nu ?

Pendant tout le repas, il fut incapable de penser à autre chose. Aucune femme ne l'avait jamais obsédé à ce point. Et quand il la vit quitter la table bras dessus bras dessous avec Marissa, il se sentit exclu. Mais pas pour longtemps. Bientôt, les doigts se mirent à claquer et les pieds à frapper le sol, martelant le rythme du flamenco, emplissant l'air de vibrations. Sans plus hésiter, Alejandro se leva et s'approcha de sa cible.

— Me ferez-vous le plaisir de danser avec moi ?

À son ton brusque et son regard ombrageux, Sadie comprit qu'il ne tolérerait pas de refus. Sans le quitter des yeux, elle franchit la distance qui les séparait avec la dignité d'une reine et se glissa entre ses bras comme si c'était sa place naturelle.

Mais très vite, elle se raidit. Pourquoi fallait-il que le passé revienne la tourmenter maintenant ? gémit-elle silencieusement en sentant son corps se crisper entre les bras d'Alejandro.

Parce que le passé ne s'oubliait pas si facilement. Changer de lieu, voir d'autres gens ne suffisait pas à effacer ses souvenirs d'enfance. Elle avait beau vouloir les enterrer, ils remontaient à la surface, toujours aussi vifs et destructeurs.

— Je... Je veux juste éviter de vous marcher sur les pieds, mentit-elle quand Alejandro, percevant sa tension, lui demanda si tout allait bien.

— Ne vous en faites pas, dit-il en la serrant plus étroitement contre lui. Ne réfléchissez pas et laissez-vous porter par la musique. Laissez-vous aller...

Se laisser aller pourrait être dangereux, se dit-elle avec un frisson. Mais peu à peu, elle se détendit, s'abandonna dans les bras de son cavalier et se laissa guider, ses jambes frôlant les siennes.

Les vibrations du flamenco répondaient à celles de son propre corps au contact de celui d'Alejandro. Le rythme de plus en plus rapide, le martèlement des pieds sur le sol emplissaient l'air autour d'eux d'une énergie sauvage.

— Et maintenant, Sadie, dansez pour moi ! lança-t-il quand résonnèrent les premiers accords d'une zambra endiablée.

— Je danserai pour vous quand vous cuisinerez pour moi ! répliqua-t-elle en riant.

— Alors, dansons ensemble.

Soudain, Sadie s'aperçut que tout le monde les regardait.

Se sentant exposée, elle voulut reculer, mais Alejandro la ramena vers lui d'une main inflexible, la retenant prisonnière de son regard de braise. Hypnotisée par la passion qui brûlait dans les prunelles sombres, incapable d'en détourner les yeux, elle se laissa de nouveau enlacer et ils dansèrent en parfaite harmonie. Ils étaient aussi différents que peuvent l'être le jour et la nuit – il était dur, elle était douce ; il était grand et fort, elle était petite et menue – et pourtant, comme les deux faces d'une même pièce, ils semblaient faits pour être ensemble.

La mélodie suivante, lente et déchirante, la toucha au cœur, lui donnant soudain l'envie folle d'avoir sa place quelque part, d'appartenir à une famille... à quelqu'un.

Et le corps sensuel d'Alejandro pressé contre le sien ne faisait que souligner ce manque si douloureux, enfoui au plus profond d'elle-même. Toute jeune déjà, elle avait compris que la seule façon d'éviter le rejet était de ne s'attacher à rien ni à personne. Pendant toutes ces années, elle s'en était tenue à cette règle à une seule exception : le chef Sorollo. Et voilà qu'elle courait le risque de tomber amoureuse d'Alejandro et de son peuple.

Sois réaliste. Ta place n'est pas ici et ne le sera jamais.

Sentant enfler en elle la vague noire de l'angoisse, Sadie profita d'une figure qui l'écartait momentanément de son cavalier pour quitter la piste et se frayer un chemin dans la foule sans un regard en arrière. Elle devait s'éloigner de cet homme qui possédait le pouvoir de mettre à nu ses émotions. Des émotions qui la rendaient terriblement vulnérable, et qu'elle avait appris à refouler dès son plus jeune âge pour survivre.

La musique et le brouhaha de la fête s'évanouirent tandis qu'elle sortait du campement. Bouleversée, elle se mit à grimper à l'aveuglette le long d'un sentier caillouteux, ne songeant qu'à fuir Alejandro. Soudain, elle dérapa et se sentit glisser dans la pente durant ce qui lui parut une éternité avant de réussir à agripper un arbuste pour enrayer sa chute. Secouée, elle se redressa prudemment en position assise. C'est alors qu'elle aperçut les lumières du campement au-dessous d'elle et le précipice, à quelques centimètres à peine de ses pieds. La falaise tombait à pic sur un chaos obscur de pins et de rochers. La chute aurait pu être mortelle. En état de choc, Sadie ancra les mains dans le sol derrière elle et petit à petit, centimètre par centimètre, le regard rivé sur l'abîme, elle remonta à reculons la pente traîtresse.

— Petite sotte !

Une poigne puissante la souleva dans les airs et elle se remit debout. L'espace d'un instant, ce fut comme si tous ses sens s'aiguisaient – elle perçut la brise sur son visage, les cailloux sous ses pieds, le bruissement des feuilles dans les arbres. Et par-dessus tout, la colère de l'homme qui la retenait dans ses bras.

— Si je ne vous avais pas suivie…

Alejandro la plaqua contre lui, à la fois furieux et soulagé.

— Qu'est-ce qui vous a pris de quitter le camp en pleine nuit ? Je vous ai dit de ne pas vous aventurer seule dans ces montagnes. Faut-il vous mettre une laisse ?

Tremblante de peur, consciente d'avoir agi comme une idiote, Sadie resta silencieuse.

— Vous pouvez marcher jusqu'au camp ou dois-je vous porter ?

— Je peux marcher.

Elle avait peut-être perdu son sens de l'orientation, mais pas sa détermination à se débrouiller seule.

— Vous êtes sûre ? questionna Alejandro d'une voix radoucie qui la fit hésiter.

— Certaine, marmonna-t-elle, écartant l'idée trop séduisante d'avoir quelqu'un sur qui s'appuyer.

Si elle commençait à se laisser dorloter par cet homme, elle risquait de se faire de faux espoirs, et d'être cruellement déçue.

— Je ne veux pas vous déranger plus longtemps, Don Alejandro. Vos amis doivent vous attendre.

Elle n'avait qu'une envie : échapper à son regard perçant qui semblait lire au fond de son âme débordante d'angoisses et d'incertitudes.

— Ils peuvent se passer de moi. Je préfère m'assurer que vous rentrez saine et sauve.

— Pas la peine, insista Sadie, la gorge serrée. Je peux très bien rentrer seule.

— À d'autres ! Vous tremblez de peur. Et je ne tiens pas à courir les montagnes toute la nuit à votre recherche. Cette petite escapade était votre dernier exploit de la soirée.

Il la grondait avec ce ton de patience exaspérée qu'on réservait d'ordinaire aux enfants désobéissants. Cela dit, elle était dans son tort et pour être honnête, elle n'était pas certaine de la direction à prendre pour retourner au campement sans basculer dans un ravin.

— C'est bon. Montrez-moi le chemin, je vous suis.

Alejandro la relâcha. Mais la frayeur de la chute avait épuisé Sadie plus qu'elle ne croyait. Ses genoux cédèrent sous elle.

Il la rattrapa avant qu'elle ne heurte le sol.

— Je ne vais pas attendre que vous soyez en état de regagner le campement sur vos deux jambes ! décréta-t-il en la soulevant dans ses bras.

Sadie était mal à l'aise.

La soirée avait pourtant merveilleusement commencé. Jamais elle ne s'était sentie aussi bien, aussi confiante, loin du refuge protecteur des cuisines du El Gato Feroz. Jamais elle n'avait été aussi heureuse et maintenant, elle se faisait l'effet d'une idiote sans cervelle.

Pour ne rien arranger, elle était aussi consciente du corps robuste d'Alejandro, de la sensation de sécurité éprouvée dans ses bras qui la portaient sans effort. Et en dépit de ses inhibitions, elle mourait d'envie de le connaître plus *intimement*... Était-ce mal ? Était-ce dangereux ? C'était la première fois qu'un homme lui inspirait de tels sentiments. Avait-elle le droit de rêver ?

— Posez-moi par terre, dit-elle quand ils furent à proximité du camp.

— Non. Je vous porte jusqu'à la roulotte de Marissa et je ne veux plus vous voir dehors de toute la soirée !

— Mais je me sens bien, maintenant. J'aimerais retourner danser.

Alejandro la remit sur picd et la dévisagea d'un œil sévère.

— Il y a dix minutes, vous étiez en état de choc. Alors, au lit, maintenant !

C'était un ordre.

Ses rêves de romance étaient absurdes, soupira Sadie tandis qu'Alejandro la saisissait par le coude pour la pousser vers la roulotte. De toute façon, elle avait beau le trouver séduisant, elle détestait qu'on la traite comme une gamine et sa politique de tolérance zéro plaçait d'office Alejandro dans la catégorie des « hommes à fuir ».

7.

Marissa était ravie que Sadie passe la nuit dans sa roulotte. Elle la dévisagea d'un œil songeur, sans poser de questions, attendant que son amie explique elle-même ce qui l'avait poussée à disparaître au beau milieu de la fête.

— Je suis partie explorer les environs et je me suis égarée. Heureusement, ton frère m'a trouvée avant que…

— En haut de la falaise ? coupa Marissa, horrifiée.

Penaude, Sadie hocha la tête.

— Il ne faut jamais s'aventurer seule en montagne, surtout la nuit. Le campement à l'air sûr parce qu'il est situé sur un plateau. Mais dès qu'on s'en écarte, c'est dangereux.

— J'en sais quelque chose, acquiesça Sadie en sirotant une gorgée du chocolat chaud que Marissa avait tenu à lui préparer pour l'aider à dormir.

— C'est parce que mon frère t'a contrariée que tu es partie ? demanda celle-ci en se laissant tomber sur le lit jumeau.

— Non. J'ai eu envie de prendre l'air et je n'ai pas réfléchi, reconnut Sadie avec une grimace. J'ai eu de la chance qu'il s'aperçoive que j'allais au-devant de sérieux ennuis et qu'il décide de me suivre.

— Il paraît qu'il t'a déjà sauvé la mise le jour de ton arrivée. Tu vas devoir perdre cette fâcheuse habitude de prendre des risques. Il ne sera pas toujours là pour te tirer d'affaire.

— C'est sûr. D'ailleurs, je crois qu'il en a assez de moi.

Marissa éclata de rire.

— Ça m'étonnerait. Je connais mon frère. Et je peux t'assurer qu'il s'intéresse beaucoup à toi.

— Disons plutôt qu'il me supporte. De mon côté, c'est la même chose.

— Mais il te plaît, la taquina Marissa. Même si tu ne veux pas l'avouer.

— Tu n'essaierais pas de jouer les entremetteuses, par hasard ?

— J'avoue que je t'aime bien.

— Et c'est comme ça que tu me le montres ? En me jetant dans ses griffes ?

— Alejandro n'est pas si méchant que ça. Il a simplement besoin d'être apprivoisé. Et tu es mon meilleur espoir.

Sadie ne pouvait nier qu'elle était flattée, mais elle devait la vérité à Marissa.

— Je ne suis pas certaine d'être qualifiée pour l'apprivoiser. Mon expérience des hommes est... quasiment nulle.

— L'expérience n'a rien à voir là-dedans, objecta Marissa avec une véhémence inattendue. Ne me dis pas que tu ne vois pas ce qu'il y a entre toi et Alejandro. Si tu lui tournes le dos maintenant, tu le regretteras toute ta vie !

— Qu'en sais-tu ? marmonna Sadie avec un soupir découragé. Tu lis l'avenir dans une boule de cristal ?

Marissa la dévisagea. Son regard avait la même intensité que celui de son frère.

— Pas besoin de boule de cristal pour deviner ces choses-là. L'intuition féminine suffit.

Après une nuit blanche passée à contempler les étoiles, l'esprit en ébullition, Alejandro était parti à l'aube avec Thor vers les hauts pâturages. Il rentrait au campement en fin de matinée quand il aperçut Sadie. Il tira sur les rênes et s'immobilisa pour la regarder.

Entourée des membres plus âgés de la communauté, elle avait l'air détendu, comme si rien de fâcheux ne s'était produit la veille.

Il l'observa encore quelques instants avant de descendre de cheval. Elle n'avait pas regardé une seule fois dans sa direction, ce qui le contrariait car il aurait voulu qu'elle réagisse à sa présence comme il réagissait à la sienne.

Il s'approcha du groupe avec lequel elle échangeait des recettes de cuisine en espérant qu'elle n'en avait plus pour longtemps. Après la nuit qu'il venait de passer, il avait hâte d'être seul avec elle.

— Bonjour, dit-elle poliment en daignant enfin lever les yeux sur lui.

Il aurait voulu qu'elle se précipite vers lui et se jette à son cou. Au lieu de ça, elle faisait circuler un plat de biscuits tout juste sortis du four. Il en prit un.

— Délicieux.

— Ingrédients de premier choix et préparation rigoureuse, précisa Sadie d'un ton professionnel.

— En toute chose, la qualité de la préparation est essentielle, renchérit Alejandro.

Il vit à la lueur qui traversa ses prunelles qu'elle avait saisi l'allusion. Elle poursuivit cependant, imperturbable, échangeant des conseils culinaires avec les uns et les autres jusqu'à ce que son public se disperse pour les laisser enfin seuls.

Ils se dévisagèrent. Alejandro portait une chemise bleue délavée et, par-dessus son jean, des jambières en cuir. Ses yeux couleur d'ardoise étaient aussi étincelants que le soleil dans son dos.

— Vous vous êtes vite intégrée. Vous vous plaisez ici ?

Sadie esquissa un sourire songeur.

— Beaucoup. Il est rare que je me sente aussi bien quelque part. Depuis que j'ai posé le pied en terre espagnole, il n'y a guère que dans les cuisines du El Gato Feroz que je me sente chez moi.

— Et avant l'Espagne ?

Sadie hésita.

— Avant, j'étais comme ces virevoltants qui roulent dans le désert. J'allais là où le vent me poussait. Je passais d'un endroit à l'autre. C'est comme ça que j'ai fini par embarquer sur un yacht comme cuisinière. Mais j'ai compris que la vie en mer, même sur un bateau de luxe, n'était pas pour moi. On se sent vite à l'étroit. Ce que j'aime ici, c'est la sensation de liberté que procurent les grands espaces. Et j'adore l'ouverture d'esprit des gens.

— Vous semblez avoir conquis leurs cœurs, commenta Alejandro, conscient des regards admiratifs que tous glissaient vers elle à distance.

— J'aime partager. On peut apprendre tellement les uns des autres !

Elle se tut, le regard soudain perdu dans le vague.

— Sadie ?

— Je n'ai pas toujours eu cette chance, reprit-elle doucement. Chez mes parents, je n'avais personne avec qui partager quoi que ce soit.

Elle balaya ce mauvais souvenir d'un revers de la main.

— Vous avez pris un petit déjeuner ?

— Non, mais j'aimerais bien…

Le visage de Sadie s'éclaira d'un sourire.

— C'est bon, j'ai compris. Je vais préparer de quoi satisfaire votre appétit, dit-elle avec une candeur qui mit Alejandro au supplice, faisant naître en lui des images torrides…

De son côté, Sadie semblait tout à fait à l'aise. Elle se mit au travail et eut bientôt préparé de délicieux œufs brouillés.

Elle était très différente de la femme avec laquelle il avait dansé la veille. Pas de cheveux au vent, ni de corsage en dentelle pour exciter sa libido. Ce matin, Sadie Montgomery était l'image même de la professionnelle accomplie, avec ses cheveux sagement tirés en arrière et sa veste blanche amidonnée. Alejandro l'admirait pour la volonté et le travail acharné dont elle avait dû faire preuve pour atteindre un tel niveau d'excellence dans sa profession. Mais la Sadie qu'il préférait, c'était la jeune femme effrontée et indisciplinée…

— Vous savez ce qui arrive quand on ne pense qu'au travail ? lança-t-il quand il eut terminé son assiette.

— La réussite professionnelle ?

Il hocha la tête.

— Entre autres. Mais pas seulement.

— Où voulez-vous en venir ?

— Je propose de vous faire visiter ces montagnes pour éviter tout nouvel incident à l'avenir.

— Il n'y en aura pas d'autre, répliqua froidement Sadie en soutenant son regard.

Puis, soudain, son visage s'éclaira d'un sourire.

— Vous savez quoi ? Ça me ferait plaisir. Laissez-moi dix minutes, le temps de changer de tenue.

— Cinq…

Alejandro s'amusa de voir l'éclair dans son regard comme pour le prévenir de ne pas aller trop loin. Mais dans la seconde suivante, ses sentiments la trahirent et ses joues s'empourprèrent à la perspective de partir seule en montagne avec lui.

Elle le rejoignit dans l'enclos où il s'affairait à seller deux chevaux à leur intention.

— C'est gentil de m'emmener explorer les environs, dit-elle en s'efforçant de ne pas fixer Alejandro qui serrait les sangles de leurs montures, les manches retroussées sur les muscles de ses avant-bras saillant sous l'effort. Merci.

— Inutile de me remercier. C'est votre pause et si je peux vous accompagner dans la découverte de ses montagnes et de ses habitants, c'est avec plaisir.

Le cœur de Sadie s'emballa sous l'intensité de son regard. Pour faire diversion et dissimuler son trouble, elle se tourna vers le cheval le plus proche et lui flatta l'encolure.

— Mon père adorait lui aussi cet endroit, reprit Alejandro en ajustant la hauteur des étriers. Il en est tombé amoureux au premier regard.

— Comme je le comprends !

Alejandro regarda Sadie poser sa joue contre celle de la jument alezane qu'elle s'apprêtait à monter.

— On dirait qu'elle vous a déjà adoptée. Vous adorez les chevaux, ça se voit.

— C'est ma passion depuis toute petite.

Les chevaux s'étaient toujours montrés plus affectueux avec elle que ne l'avaient jamais été certains humains.

— Avez-vous prévu de m'emmener quelque part où je pourrai récupérer des recettes de cuisine traditionnelles ? demanda-t-elle, consciente du regard attentif d'Alejandro rivé sur son visage.

— Non, répondit-il d'un ton sans appel. Pas question de penser travail sur votre temps libre.

Sadie le dévisagea.

— D'accord, si vous en faites autant.

Il marqua une pause avant d'acquiescer d'un sourire qui lui fit l'effet d'une coulée de miel.

— J'espère seulement réussir à vous suivre, ajouta-t-elle en jetant un coup d'œil au pur-sang qu'il s'apprêtait à monter.

— D'après ce que j'ai vu, je n'en doute pas une seconde, dit-il avant de se hisser en selle d'un mouvement fluide.

Quand ils quittèrent le campement, nombreux furent ceux qui les saluèrent. Il y aurait sans doute des commentaires, mais pas de médisances, se rassura Sadie. Et puis, qui ne risque rien n'a rien ! décida-t-elle. Alors quelle que soit la raison pour laquelle Alejandro l'avait invitée à sortir à cheval avec lui, elle était partante.

— Vous êtes bonne cavalière, observa-t-il en accélérant l'allure.

— Avec cette jument, ce n'est pas difficile.

Ils se lancèrent au galop côte à côte, dans une prairie de fleurs sauvages cernée par les montagnes. Le ciel était limpide et l'air transparent. Jamais Sadie n'avait éprouvé une telle sensation de paix et de totale liberté.

Ils ralentirent en abordant un terrain escarpé grimpant vers un col.

— Ça va ? demanda Alejandro.

— Très bien.

— Tant mieux, parce que nous allons attaquer la partie la plus délicate de cette randonnée.

La partie délicate de cette randonnée, c'était *lui*, songea Sadie en son for intérieur. Il était tellement beau qu'il pourrait faire perdre la tête à n'importe quelle femme. Mais avec elle, ça n'arriverait pas. Ils n'appartenaient pas au même monde.

— Allez à votre rythme, reprit Alejandro. Je passe devant et vous me suivez.

— D'accord. Seulement pour cette fois ! précisa-t-elle d'un ton espiègle.

Se retournant sur sa selle, Alejandro lui décocha un sourire qui lui fit battre le cœur plus fort. Puis ils se mirent à gravir tranquillement la pente rocailleuse, donnant ainsi à Sadie l'occasion d'admirer l'homme de dos, aussi beau que de face.

Arrivée au sommet du col, elle embrassa la vue, éblouie par la vision d'Alejandro rayonnant de beauté et de vitalité dans la lumière du soleil. Avec sa silhouette se découpant sur le ciel, ses épaules larges et sa chevelure aussi sombre que la robe du pur-sang qu'il maîtrisait d'une simple pression de ses longues jambes musclées, El Duque était d'une beauté diabolique. Plus désirable que jamais…

8.

Ils traversèrent plusieurs hameaux. Dans le dernier, deux vieilles femmes insistèrent pour leur préparer un panier pique-nique. Elles les prenaient visiblement pour un couple d'amoureux en balade.

À la sortie du village, Alejandro fit faire une volte serrée à son cheval avant de le talonner et de partir à bride abattue.

— Ne vous laissez pas distancer ! lança-t-il à Sadie par-dessus son épaule, certain d'aiguillonner son esprit de compétition.

— Sinon ? dit-elle dans un éclat de rire balayé par le vent.

— Vous serez à la traîne !

Dix secondes après, elle était à sa hauteur.

— Ah, vous voilà ! Pas mal.

— C'est un compliment ?

— Je dois être distrait, reconnut-il en riant.

La joie de Sadie était contagieuse. Grisée par l'ivresse de la course, le martèlement des sabots, elle rayonnait littéralement, sa chevelure flamboyante flottant au vent. Comme lui, elle avait le sentiment d'appartenir à ces montagnes. Comme lui, elle se sentait libre comme l'air. Le reste n'avait plus d'importance.

Ils firent halte au bord d'un torrent.

— Bravo ! Vous avez réussi à me suivre, la taquina Alejandro en mettant pied à terre.

— Et vous, vous n'êtes pas tombé de cheval, répliqua-t-elle, malicieuse.

En voyant Alejandro sortir deux serviettes de bain

de sa sacoche, Sadie regarda le torrent d'un œil méfiant, puis demanda :

— Nous allons vraiment nous baigner ?

— Vous vous dégonflez ?

— Pas du tout !

— Dans ce cas, sautons à l'eau.

— Pas avant d'avoir pique-niqué.

Sans lui laisser le temps de discuter, Sadie desserra les sangles qui retenaient le panier et s'installa dans l'herbe.

— Je venais souvent ici quand j'étais enfant, expliqua Alejandro en s'asseyant à côté d'elle après avoir attaché leurs chevaux. Hiver comme été, dès qu'ils pouvaient s'échapper de Madrid, mes parents s'installaient au château et nous profitions de la montagne.

Sadie contempla le site enchanteur.

— J'imagine que vous avez eu une enfance merveilleuse.

— Oui, j'ai surtout eu la chance d'avoir des parents très amoureux qui m'ont donné le meilleur exemple de ce qu'est le bonheur familial.

— Pourquoi n'êtes-vous pas marié, alors ?

Alejandro la dévisagea avec un sourire amusé.

— Ça vous intéresse ?

— C'était une question purement rhétorique… Vous avez dû beaucoup souffrir de leur disparition brutale, ajouta-t-elle pour changer de sujet au plus vite.

Alejandro répugnait à en parler, mais Sadie aimait bien s'aventurer en terrain glissant.

Il y avait longtemps que personne n'avait osé mentionner devant lui la mort de ses parents ! Après toutes ces années, la blessure était encore à vif. Peut-être le serait-elle toujours. Leur disparition avait modifié sa conception de la vic et encore plus des relations affectives. Il se méfiait des sentiments, parce qu'il y avait trop à perdre. Il avait adoré ses parents et leur disparition lui avait causé une souffrance insupportable. Seules ses responsabilités vis-à-vis d'Annalisa et des affaires familiales dont dépendaient tant d'existences l'avaient fait tenir…

— On n'est rarement conscient de ce qu'on a jusqu'à ce qu'on le perde, murmura-t-il.

Surprise et touchée par cette confession inattendue de la part d'un homme tel que lui, Sadie resta silencieuse. La souffrance se lisait sur son visage d'ordinaire impassible. Sans doute était-il habitué à la refouler, tout comme elle.

— Annalisa a eu de la chance d'avoir un frère aussi attentionné que vous, dit-elle doucement.

— Je l'adore et je fais encore de mon mieux pour la protéger. Même si je dois avouer que mon ingérence n'est plus toujours bien tolérée. Tout bien réfléchi, elle est un peu comme vous…

— Raisonnable, charmante et d'un calme olympien, compléta Sadie d'un air candide.

Alejandro éclata de rire.

— Ce n'est pas tout à fait ce que j'allais dire. À votre tour, Sadie. Parlez-moi un peu de votre famille…

Offrant son visage au soleil, il ferma les yeux, comme s'il devinait ses difficultés et voulait lui laisser plus d'espace pour s'exprimer librement.

Elle hésita.

— Je n'ai pas vraiment de famille… Le jour de la remise des diplômes de l'école de restauration, c'était le chef Sorollo qui était assis au premier rang. Je lui dois beaucoup. Vous n'imaginez pas à quel point il a été bon pour moi.

— Je le connais. C'est un homme de cœur, commenta Alejandro.

Comme Sadie restait silencieuse, il rouvrit les yeux.

— Maintenant que vous avez commencé, vous pouvez m'en dire un peu plus ?

Elle inspira profondément.

— J'avais envoyé une lettre à ma mère pour lui dire que je serais contente qu'elle assiste à ma remise de diplôme, mais…

Les mots se coincèrent dans sa gorge.

— Elle n'est pas venue, acheva Alejandro. Elle vous a dit pourquoi ?

Sadie haussa les épaules.

— Non, elle n'a pas répondu.

Après toutes ces années, le silence de sa mère faisait toujours aussi mal. Il était pourtant clair qu'elle perdait son temps à essayer de susciter son attention. Simplement, elle ne pouvait s'empêcher d'espérer qu'un jour, peut-être…

— Parlez-moi encore un peu de vous, murmura Alejandro. Il n'y a personne ici pour vous entendre à part moi.

— Dans ce cas, vous allez devoir me jurer de garder le secret !

— Promis, ça restera entre nous. Et je ne ferai aucun commentaire, sauf si vous me le demandez. Ça vous va ?

Elle déglutit avec peine. Pourquoi pas, après tout. Qu'avait-elle à perdre ?

— Je suis… un accident.

— Un *accident* ? Qui vous a dit ça ?

— Ma mère.

— *Dios !*

— Non, franchement, ce n'est pas si grave, le rassura Sadie avec un haussement d'épaules désabusé. Ma mère était une mondaine qui partageait son temps entre shopping, thés, et dîners en ville. Elle se voulait la plus belle, la plus mince et la plus riche. Malheureusement, mon père n'avait pas les moyens d'entretenir leur superbe maison et leur train de vie luxueux. Là-dessus, je suis arrivée.

— Un enfant n'est-il pas source de joie pour ses parents ?

Sadie laissa échapper un soupir plein d'amertume.

— Pour les miens, j'étais plutôt une gêne. Un problème de plus qui allait leur coûter de l'argent. Ma mère n'avait pas la fibre maternelle. À ses yeux, j'étais responsable des kilos en trop pris pendant sa grossesse qui avaient poussé mon père à déserter le lit conjugal et à boire. Il la frappait quand il était sous l'emprise de l'alcool. Pour ça aussi, elle m'en voulait. Bref, nous n'avons jamais été proches. Mais ce n'est pas dramatique, ajouta Sadie d'un air faussement détaché. Il existe des situations bien pires que celle-là.

La compassion sur le visage d'Alejandro faillit la faire flancher. Ce petit jeu des confessions était terriblement dangereux, car il la rendait vulnérable. Et lui aussi. Elle devinait des ombres dans ses prunelles sombres. Peut-être avaient-ils tous deux besoin de baisser la garde de temps en temps. Si seulement la vie pouvait être aussi simple que ça – s'asseoir au bord d'un torrent et se confier sans crainte d'être jugé !

— Non merci, dit Alejandro comme elle lui tendait une tranche de pain à l'ail pour accompagner le fromage.

— Ne vous en faites pas, j'en mangerai aussi.

Il haussa un sourcil interrogateur.

— Ça veut dire que vous comptez m'embrasser ?

— Dans vos rêves ! répliqua Sadie, les joues soudain brûlantes.

Alejandro avança vers elle son visage ombré d'une barbe naissante.

— Donc, vous n'avez pas l'intention de m'embrasser aujourd'hui ?

— Exactement. Ni aujourd'hui ni demain.

Il lui décocha un sourire diabolique.

— Je crois qu'il est temps d'aller se rafraîchir.

— L'eau n'est-elle pas trop froide ? s'inquiéta Sadie en levant les yeux sur la cascade en amont.

— Elle est glaciale, confirma Alejandro. Et le courant est fort. Mais ce devrait être un plaisir si vous nagez aussi bien que vous montez à cheval.

— Si je survis au choc thermique !

Elle secoua la tête, l'air dubitative, puis avec un soupir amusé, releva le défi.

— Bien. Qu'attendons-nous pour sauter à l'eau ?

— Que vous vous déshabilliez.

— Après vous…

Comme il déboutonnait son jean, elle s'empressa de tourner la tête.

— Vous pourriez prévenir.

— D'accord, je me mets en tenue d'Adam. Ça vous va comme avertissement ?

Elle se raidit en entendant le bruissement des habits qui tombaient à terre et attendit qu'il ait plongé pour se dévêtir à son tour et ne garder que ses sous-vêtements de coton blanc.

Le choc de l'eau glacée sur son corps lui coupa le souffle, mais la força à nager vigoureusement. Alejandro avait eu raison de supposer qu'elle était aussi à l'aise dans l'eau que sur le dos d'un cheval. En peu de temps, elle eut vite remonté le courant pour atteindre la berge opposée. La fraîcheur de l'eau sur sa peau brûlante était exactement ce dont elle avait besoin.

— Génial ! s'exclama-t-elle en reprenant pied.

— Prête à retourner de l'autre côté à la nage ? demanda Alejandro en s'ébrouant. Ou préférez-vous attendre de vous transformer en glaçon ?

Il n'attendit pas sa réponse, ce qui était peut-être aussi bien, se dit Sadie en plongeant derrière lui. De nouveau gagnée par le plaisir de la course, elle revint à sa hauteur et toucha la berge en même temps que lui.

— Quelle femme exaspérante ! s'exclama-t-il tandis qu'il l'aidait à sortir de l'eau.

Il ne put cependant pas se dissimuler le désir qu'elle éveillait en lui. Il mourait d'envie de la tenir dans ses bras, mais il ne voulait pas l'effaroucher. Il commençait tout juste à la connaître et ce qu'il avait appris lui donnait envie d'en savoir davantage. En dépit d'une enfance manifestement solitaire, privée d'affection, Sadie était d'un naturel ouvert et sociable – il suffisait de voir la façon avec laquelle son peuple, habituellement méfiant avec les étrangers, l'avait accueillie – mais elle restait sur la défensive, conclut-il en la regardant se rhabiller.

Il attendit qu'elle revienne s'asseoir dans l'herbe, près de lui, pour reprendre leur conversation.

— Si j'ai bien compris, votre mère ne voulait pas de

vous, mais votre père dans tout ça ? Il n'a jamais essayé d'intervenir pour arranger les choses ?

— Il se souciait encore moins de moi. Lui aussi me considérait responsable du naufrage de son couple. Je vous ai dit qu'il buvait. J'aurais dû préciser que son alcoolisme l'a conduit à une mort prématurée.

— C'est toujours traumatisant de perdre un parent, même s'il n'était pas le modèle idéal, observa Alejandro.

Sadie hocha la tête.

— C'est vrai, j'étais triste. En revanche, ma mère était soulagée. Un mois après, elle avait déjà un autre homme dans sa vie. Un homme plus jeune. Le problème…

Elle s'interrompit. Elle avait prononcé les derniers mots du ton que l'on prend pour confier un secret et Alejandro comprit qu'elle ne lui avait dévoilé que la partie émergée de l'iceberg.

— Le problème, reprit-elle en baissant les yeux, c'est que j'avais quinze ans et qu'il s'intéressait plus à moi qu'à ma mère. Alors, elle m'a jetée dehors.

Alejandro sentit la colère bouillonner en lui. Il serra les poings.

— Il a abusé de vous ?

— Je suis partie avant que cela se produise, dit-elle en détournant la tête.

Il contempla son profil. En quelques phrases, elle lui avait décrit le sombre tableau de son enfance et il la croyait sur parole. Cela expliquait certains traits de son caractère. Sa réserve, sa méfiance, sa volonté de rester en retrait derrière les fourneaux… Mais cela expliquait aussi son caractère indépendant et son courage.

— Votre mère vous manque ?

— De mon passé, rien ne me manque. Je ne suis pas comme vous, Alejandro. Quand je regarde en arrière, je n'ai pas de souvenirs heureux. Alors, je préfère regarder vers l'avenir. Je mène ma propre vie, à présent. Et je suis très heureuse ainsi.

— C'est bien, dit-il, même s'il n'était pas tout à fait

convaincu. J'avoue que j'ai été un enfant gâté, reprit-il, conscient qu'un changement de sujet s'imposait.

— Racontez-moi.

Alejandro évitait de penser aux jours heureux pour ne pas raviver la souffrance. Pourtant, cette fois-ci, il avait envie d'en parler et tandis que Sadie l'écoutait, il était surpris de se sentir le cœur plus léger.

Était-il en train de tomber amoureux de cette femme ? L'idée était si surprenante qu'il éclata de rire.

— Vous voilà soudain bien joyeux, dit-elle en se renversant en arrière.

— Vous m'amusez.

— Une façon comme une autre d'apprendre à se connaître.

Alejandro acquiesça d'un sourire, puis laissa errer son regard sur le corps de Sadie. Elle avait la chair de poule.

— Vous êtes gelée. J'aurais dû faire un feu.

Il existait cependant un moyen plus rapide et tout aussi efficace de la réchauffer.

Elle poussa un cri quand il la prit dans ses bras.

— Technique de survie, précisa-t-il. Chaleur partagée…

9.

Si Sadie avait du mal à se réchauffer après leur baignade dans l'eau glaciale, Alejandro, lui, avait l'impression d'être en feu. Il éprouvait le désir irrépressible d'être peau contre peau avec elle et sa bouche si tentante n'était qu'à un cheveu de la sienne… Mais il lisait l'inquiétude dans son regard et son instinct lui soufflait de ne rien précipiter.

— Personne ne vous a jamais serrée dans ses bras ? essaya-t-il de plaisanter, la sentant trembler contre lui.

— Je n'ai surtout jamais eu aussi froid, avoua-t-elle en claquant des dents. Non, ne vous éloignez pas. Je commence juste à dégeler.

— Content de vous être utile.

— De rien, murmura-t-elle.

Il discerna un sourire dans sa voix. Peu à peu, elle se détendait, preuve qu'elle lui faisait confiance et qu'une barrière entre eux était tombée.

— Ça va mieux, dit-elle au bout d'un moment en le repoussant doucement pour lui signifier qu'il pouvait la relâcher.

Mais Alejandro n'était qu'un homme. Pas un saint. De ses lèvres, il effleura la bouche de Sadie, puis s'écarta pour voir sa réaction.

Elle posa sur lui un regard plein de défi.

— Vous appelez ça un baiser ?

— Non. C'est ça, que j'appelle un baiser…

Ils se jetèrent l'un contre l'autre, comme mus par une force irrésistible. Et Sadie eut l'impression que son esprit s'évaporait quand la bouche d'Alejandro s'empara de la sienne. C'était comme si une sorte d'instinct primitif balayait toute pensée cohérente, toute logique. Sous le baiser exigeant d'Alejandro, ses lèvres s'entrouvrirent, leurs langues se nouèrent et le plaisir la saisit tout entière. Vibrante, frémissante entre ses bras, elle brûlait d'aller plus loin et ne put retenir un gémissement de frustration quand il s'écarta.

Prenant son visage entre ses mains, il plongea les yeux dans les siens.

— J'ignore ce que tu as vécu. Tout ce que je sais, c'est que j'ai terriblement envie de toi.

Cette déclaration aussi directe qu'inattendue fit à Sadie l'effet d'une bombe. Un frisson d'excitation la parcourut, mais son côté rationnel reprit vite le dessus. Le feu dans les yeux d'Alejandro la poussait à le croire, mais avait-il envie d'elle pour quelques heures seulement, quelques jours, ou… plus longtemps ?

— Je ne dis jamais rien que je ne pense pas, précisa-t-il en dessinant du bout des doigts le contour de ses lèvres.

— Et moi, je ne fais jamais rien dont je ne sois pas sûre, rétorqua-t-elle en reculant.

— Dans ce cas, la phase de séduction risque de prendre un peu de temps.

— La phase de séduction ?

Réalisant où ce petit jeu la menait, Sadie mit davantage de distance entre eux. Alejandro avait beau l'attirer, elle n'était pas prête à prendre le risque de se faire piétiner le cœur. Des relations entre les hommes et les femmes, elle ne connaissait que les rapports de force. Aussi s'arrangeait-elle pour les éviter.

Nullement découragé, il la dévisagea d'un air songeur.

— Tu es prudente, dit-il. Et j'ai bien l'intention de changer ça.

Comment pourrait-il réussir ? se demanda Sadie.

Elle aurait dû se douter qu'il n'était pas homme à se lancer sans savoir où il allait.

Prenant tout son temps, il frôla ses lèvres jusqu'à ce qu'elles s'ouvrent sous les siennes, jusqu'à ce que la petite voix lui conseillant la prudence ne soit plus qu'un murmure étouffé par les sensations qu'il éveillait en elle.

Sadie avait conscience que son cœur était en danger, mais les baisers d'Alejandro étaient une drogue puissante qui lui faisait perdre l'esprit. Jamais elle n'avait senti son corps si présent, si vivant, si chaud. Les vêtements qu'elle s'était hâtée d'enfiler lui faisaient maintenant l'effet d'une barrière insupportable. Elle se lova contre son torse. Ses seins étaient si durs que ç'en était douloureux. Elle était dévorée de désir pour cet homme et il le savait. Le léger sourire sur ses lèvres avait le pouvoir de lui faire tout oublier. Ses mains sur son corps, ses baisers dans son cou, sur ses joues, ses yeux et sa bouche la rendaient folle.

Jusqu'à ce qu'il s'écarte.

— Qu'est-ce que j'ai fait ? questionna-t-elle en levant sur lui un regard interloqué. Si c'est une blague…

— Ce n'est pas une blague, Sadie. Simplement, pas ici et pas maintenant.

Quoi ? Il l'excitait au point de lui faire perdre la tête, puis il s'arrêtait là ?

À la fois frustrée et furieuse, elle le repoussa.

— Tu n'es qu'un allumeur ! Je commençais à croire que je pouvais te faire confiance, mais une fois de plus, j'ai fait preuve de naïveté.

— D'inexpérience, plutôt, rectifia posément Alejandro.

— De stupidité, oui !

Elle se releva d'un bond et le regarda d'un air féroce tandis qu'il se levait à son tour pour aller chercher leurs chevaux.

— Il est temps de retourner au campement, dit-il, imperturbable. Tu me suis ou tu restes là ?

— Ni l'un ni l'autre, grinça-t-elle entre ses dents en saisissant les rênes de sa monture.

Alejandro était convaincu d'avoir pris la bonne décision, même si la complicité entre eux avait disparu pour faire place à une tension quasi palpable. Sadie tenait les rênes avec une raideur qui contrastait avec son aisance à l'aller et elle évitait soigneusement son regard, tandis qu'ils rentraient au camp dans un silence de plomb. Sans doute regrettait-elle d'avoir baissé la garde et de l'avoir embrassé. Et maintenant, elle ne savait comment revenir en arrière.

Maîtrise de soi et retenue : cette discipline, il se l'était imposée depuis le jour où il avait enterré ses parents. Avant cette date, il avait profité de tous les plaisirs offerts par l'argent et la réussite jusqu'à ce que le drame fasse voler son monde en éclats et l'amène à changer radicalement d'existence. De façon surprenante, son mode de vie hédoniste ne lui avait pas manqué. Jusqu'à aujourd'hui. En ce moment, l'envie de posséder Sadie le rendait fou. Pas question pour autant de la séduire à la va-vite au bord d'un torrent. Il voulait pouvoir prendre tout son temps…

Quand ils arrivèrent au campement, il y avait foule. L'ambiance était à la fête et Marissa attendait Sadie.

— Viens danser !

— D'accord, dit Sadie avec ce sourire affectueux qu'elle réservait à ses amis. Mais je dois d'abord étriller mon cheval. Et je dois aussi me changer.

— Vous êtes allés nager ? s'étonna Marissa en notant sa longue chevelure encore humide.

Elle se tourna vers son frère pour ajouter :

— Alejandro, ne me dis pas que tu l'as emmenée se baigner dans ce torrent glacial !

Puis, s'adressant de nouveau à Sadie, elle lui dit sur le ton de la confidence :

— Il est fou. Mais ce soir, ne t'inquiète pas, tu danses avec moi. Tu n'as pas besoin de *lui* pour guider tes pas.

— Tout à fait, acquiesça Sadie avec un regard de défi à l'adresse d'Alejandro. À tout à l'heure, Marissa !

Cette dernière attendit que Sadie fût hors de portée de voix pour sermonner son frère.

— Alejandro, qu'est-ce que tu as fait ?

— C'est quoi le problème ?

— Toi. C'est toi, le problème. J'aime beaucoup Sadie. Si tu lui fais du mal, je te tuerai.

— C'est un peu excessif, non ? Et il faudrait d'abord que tu m'attrapes, dit-il pour taquiner sa sœur comme il avait l'habitude de le faire.

Mais cette fois, Marissa n'avait pas envie de rire.

— Je ne plaisante pas, Alejandro. Je te connais. Tu joues de ton charme, tu souffles le chaud et le froid.

Elle plissa les yeux en regardant Sadie s'avancer dans l'enclos aux chevaux.

— Cette femme est amoureuse de toi. Je me demande bien pourquoi, mais c'est comme ça.

Alejandro se tut, se contentant de caresser sa mâchoire du pouce, tandis que Marissa cherchait son regard avec un soupir impatient.

— Elle est parfaite. Elle pourrait même réussir à te rendre heureux.

— Qu'est-ce qui te fait dire ça ?

— Mes yeux, et tout le monde ici voit les choses comme moi. Sadie est charmante, amusante…

— Amusante ? l'interrompit Alejandro. On ne doit pas parler de la même femme.

— Lui as-tu seulement laissé une chance de te montrer qui elle est ? Sous la toque blanche, il y a une fille toute simple, chaleureuse, tendre et sincère. Un peu plus de douceur dans ta vie ne te ferait pas de mal.

— Ne te mêle pas de ça, Marissa ! Ça ne te regarde pas.

— Bien sûr que si, ça me regarde ! Je refuse de rester plantée à te regarder tout gâcher.

— Je n'ai pas envie d'en discuter avec toi.

— Parce que tu sais très bien que j'ai raison. Les femmes comme Sadie Montgomery ne se trouvent pas sous le sabot d'un cheval. C'est le destin qui l'a mise sur ton chemin. Alors, maintenant, à toi de jouer ! Ne laisse pas passer ta chance.

Alejandro haussa les épaules, mais tandis qu'il s'éloignait, sa conscience lui soufflait que Marissa n'avait peut-être pas tort.

Sadie avait rêvé du baiser d'Alejandro, mais la réalité avait dépassé ses rêves les plus fous. Son corps brûlait encore de désir et elle était furieuse contre lui et encore plus contre elle-même d'avoir laissé les choses aller si loin.

« Tu te fais du mal pour rien », se raisonna-t-elle un peu plus tard en traversant le campement pour aller rejoindre Marissa. Après tout, il était tout à fait normal de fantasmer sur un homme aussi séduisant. C'est le contraire qui aurait été anormal. Et puis un baiser, ce n'était pas la fin du monde !

Dieu merci, la porte de la roulotte de Marissa était grande ouverte pour accueillir Sadie et l'arracher au souvenir des baisers d'Alejandro et à sa frustration. Elle retrouva le sourire à la vue de la robe étalée sur le lit, digne d'une grande danseuse de flamenco.

— Elle te plaît ? demanda Marissa.

Émue, Sadie se tourna vers elle et la serra dans ses bras.

Sorollo avait raison de la pousser à sortir plus souvent. Le monde regorgeait de gens merveilleux si on se donnait la peine d'aller à leur rencontre.

— Tiens-toi tranquille ! gronda Marissa en effectuant les dernières retouches sur la longue traîne enjolivée de volants. Tu es excitée comme une puce. C'est mon frère qui te met dans cet état ?

— Pas du tout ! protesta Sadie. J'ai seulement hâte d'aller danser.

— Même s'il te regarde ?

Sadie sentit son pouls s'emballer.

— Je ne vois pas pourquoi il me regarderait quand il y aura autour de moi une foule de danseuses toutes plus talentueuses les unes que les autres.

Comme Marissa souriait d'un air entendu, Sadie se jura de ne plus laisser ses émotions l'emporter sur la raison dès qu'il s'agissait d'Alejandro. Elle était contente de l'avoir accompagné jusqu'ici parce qu'elle avait ainsi eu la chance de découvrir un autre art de vivre, mais quand ils quitteraient le campement, chacun reprendrait le cours normal de son existence.

En dépit de toutes ses résolutions, Alejandro fut la première personne qu'elle chercha du regard quand elle s'avança au milieu des danseurs. *Je suis une cause perdue,* conclut-elle, consternée, en trébuchant sur les pas du premier morceau.

— Concentre-toi, insista Marissa. Oublie-*le* et suis la musique. N'aie pas peur de jouer avec tes cheveux, sers-toi de ton corps. Et de tes yeux aussi. La danse flamenco n'est pas qu'un enchaînement de mouvements. C'est l'expression de la liberté, de la passion.

— Il faudrait déjà que je réussisse à coordonner mes bras et mes jambes, se lamenta Sadie.

Envoûtée par le rythme obsédant, elle finit cependant par copier les danseuses qui l'entouraient, balançant ses cheveux d'un côté de l'autre, remuant les hanches et les bras, se laissant emporter par le martèlement des talons sur le plancher.

On pouvait lui reprocher son amateurisme, mais certainement pas un manque d'enthousiasme. Comme dans tout ce qu'elle entreprenait, Sadie se donnait à fond.

Marissa profita d'une pause des musiciens pour la questionner sur sa balade à cheval avec Alejandro.

— C'était bien. J'ai récupéré quelques recettes intéressantes.

— Tu as passé la journée avec mon frère et tu n'as rien fait d'autre que de récupérer des recettes ?

— D'excellentes recettes.

— Je vois… Tu ne veux rien me dire.

— Parce qu'il n'y a rien à dire.

La musique reprit.

— S'il n'y a rien entre toi et Alejandro, pourquoi le cherches-tu du regard ? questionna Marissa entre deux virevoltes.

— Je ne le cherche pas, protesta Sadie. J'observe simplement ce qui se passe autour de moi.

— Mais lui ne te lâche pas des yeux.

— Ah bon ?

Sadie avait l'air si inquiet que Marissa éclata de rire.

— Concentre-toi sur le rythme. Oublie tout le reste. Même mon frère.

Plus facile à dire qu'à faire ! Surtout quand leurs regards s'accrochèrent…

— Danse ! ordonna Marissa.

Rompant le contact visuel, Sadie se défoula dans un flamenco endiablé.

— Olé !

La voix grave et cynique qui résonna dans son dos ne pouvait appartenir qu'à un seul homme.

Sadie se retourna.

— Tu veux me déconcentrer ?

— Je veux danser avec toi, répondit Alejandro, ce qu'il fit sans attendre son autorisation en la faisant virevolter entre ses bras.

— On demande d'abord, c'est plus poli, protesta-t-elle, luttant contre son corps qui criait victoire alors que sa raison lui soufflait d'amorcer la retraite.

— Poli ? répéta Alejandro, amusé, en enlaçant sa taille pour l'approcher si près de lui que leurs souffles se mêlaient.

— Si tu fais ça pour m'embêter…

— Tu aimerais que je t'embête encore ?

Raidissant la mâchoire, Sadie refusa de répondre et

détourna la tête pour éviter le regard étincelant de son cavalier.

Elle en avait assez de voir ce maudit sourire ironique sur ses lèvres absurdement sensuelles. Et si la danse était un prélude au sexe, ce n'était pas pour elle.

Pour l'amour du ciel ! protesta sa petite voix intérieure. *Tu ne peux pas jouer la sécurité toute ta vie. Quand on désire très fort quelque chose, il faut savoir prendre des risques.*

— Tu es aussi douée pour le flamenco que pour l'équitation ou la natation, observa Alejandro, l'air détaché. Possèdes-tu d'autres talents cachés ?

— Je cuisine.

— Ça, je le savais. En tout cas, tu as un excellent sens du rythme.

Consciente qu'il était absurde d'en vouloir à Alejandro simplement parce qu'il l'avait embrassée et que ça lui avait plu, Sadie ne put retenir un éclat de rire. Pourquoi faire la tête alors qu'elle dansait avec le plus beau mec de la soirée ? Après tout, ils ne faisaient que danser. Où était le danger ?

Danser si près l'un de l'autre, au point que son corps frissonnait de plaisir, était déjà dangereux en soi, songea-t-elle. Mais de plus, envoûtée par la musique qui lui faisait oublier toute prudence, elle envisageait d'aller plus loin avec Alejandro… À en croire Marissa, ses parents lui avaient inculqué un profond respect des femmes. Alors, quel meilleur professeur pourrait-elle avoir pour explorer sa sensualité et tirer un trait sur ses inhibitions et ses angoisses ?

— Reste avec moi, cette nuit…

Le souffle coupé, elle leva les yeux vers lui.

— Passe la nuit avec moi, répéta-t-il.

Les musiciens jouaient à présent un air mélancolique, parlant d'amour et d'absence. Submergée par une vague d'émotion, Sadie demeura muette.

Prenant son silence pour un oui, Alejandro l'entraîna

à l'écart du campement jusqu'à une roulotte nichée au cœur d'une clairière.

— Bienvenue dans mon refuge, dit-il en ouvrant la porte.

Il s'effaça pour la laisser entrer et referma la porte derrière eux, les emprisonnant dans un espace baigné par le clair de lune.

Quel merveilleux refuge ! songea-t-elle, le cœur battant, en voyant Alejandro s'adosser à la porte, le regard étincelant dans la pénombre.

La tension entre eux s'intensifia et quand il lui tendit les bras, Sadie s'y jeta comme si tous les remparts entre eux s'étaient brusquement effondrés.

10.

À aucun moment, elle n'avait mentionné qu'elle était vierge. Tout ce qui comptait en cet instant, c'était ce qu'elle voulait. Et ce qu'elle voulait, c'était Alejandro.

Avec des gestes fébriles, ils s'arrachèrent leurs vêtements. Deux êtres mus par le même instinct, le même besoin éperdu d'assouvir sa faim de l'autre. Comme si une tornade s'était abattue sur l'espace confiné, les coussins qui ornaient le lit valsèrent dans la chambre. Et quand Alejandro la prit dans ses bras, Sadie répondit en glissant les doigts dans ses cheveux bruns pour le garder tout contre elle.

Elle n'éprouvait aucune crainte, aucune honte, à sentir son corps nu si puissamment viril se presser contre le sien. Elle tremblait dans ses bras, brûlant d'aller plus loin. Sans penser aux conséquences.

Les baisers d'Alejandro étaient fougueux, exigeants. Et tandis qu'il la plaquait sous lui, la nuit les enveloppa… Dans cette atmosphère intime, Sadie avait l'impression qu'ils étaient seuls au monde, libres, consumés par la même fièvre, emportés par la même passion. Chaque caresse, chaque baiser l'affolait. Et la retenue que s'imposait le corps d'Alejandro au-dessus du sien ne faisait qu'attiser son désir. Le visage tout contre son cou, elle respirait son odeur légèrement musquée, mêlée à celle des herbes sauvages. Et quand leurs bouches se joignaient, elle buvait sa saveur fraîche et minérale comme l'eau claire d'un torrent. Mais ce qui la bouleversait le plus, c'était la tendresse de ses caresses. Une tendresse émouvante à laquelle elle ne s'attendait pas.

— Tu n'as jamais fait l'amour.

Les mots d'Alejandro lui firent l'effet d'une gifle, la ramenant brutalement sur terre. Pendant quelques secondes, ils restèrent suspendus entre eux, telle une accusation.

— Comment le sais-tu ? demanda-t-elle, sur la défensive.

— Tu aurais dû me prévenir.

— Désolée, mais nous n'avons pas pris le temps d'aborder le sujet.

Alejandro fronça les sourcils et la dévisagea.

— Je m'en doutais un peu, figure-toi. Maintenant, je suis sûr.

— Et…

— Et c'est à toi d'être sûre que c'est bien ce que tu veux.

— Sûre et certaine. Je n'ai jamais rien tant désiré de toute ma vie, avoua-t-elle dans un souffle. Mais si tu ne veux pas…

Il lui répondit par un baiser si délicat, si tendre qu'elle en eut les larmes aux yeux. Jamais elle n'avait été embrassée ainsi, jamais elle n'avait été l'objet de tant d'attention. Il n'y avait jamais eu de place pour l'amour dans sa vie, mais ce soir, le destin semblait en avoir décidé autrement.

— Pas si vite, souffla Alejandro contre ses lèvres quand elle noua les jambes autour de sa taille.

Elle se cramponnait à lui avec impatience, incapable d'attendre plus longtemps pour le sentir contre elle, en elle… Elle ne voulait pas gaspiller une seule seconde de cette nuit. Elle ne voulait pas penser aux conséquences, songer à demain, à la réalité qui l'attendait à Madrid, au bien et au mal, car rien d'autre n'existait que ce moment.

Gémissant de plaisir sous ses mains expertes, elle renversa la tête en arrière, offrant sa gorge à ses baisers. Et il ne la fit plus attendre…

Il saisit la pointe de ses seins entre ses lèvres, les goûta, puis les caressa de sa barbe naissante.

— J'adore ton corps, dit-il en s'écartant légèrement.

Elle resserra les cuisses autour de sa taille.

— Et j'adore le tien, Alejandro. Alors, ne t'arrête pas. Ne t'arrête plus.

Cambrant les reins, elle pressa son ventre contre le sien.

— S'il te plaît…

— C'est ta première fois, et il faut prendre son temps, lui rappela-t-il en prenant appui sur ses poings avant d'incliner la tête pour reprendre possession de sa bouche et la réduire au silence.

Il se mit à semer des baisers et des caresses sur son corps tout entier, l'excitant de son souffle. Mais dans le clair de lune, la vision de sa peau si pâle contre la peau brune d'Alejandro réveilla son angoisse. La différence entre eux allait bien au-delà… Ici, dans cette roulotte isolée au cœur des montagnes, ils n'étaient qu'un homme et une femme, mais demain, quand ils rentreraient à Madrid…

Le sourire confiant qu'Alejandro lui offrit fit disparaître la tension entre eux et avec elle, les derniers doutes de Sadie. Abandonnant toute pensée consciente, elle s'abandonna à une foule de sensations nouvelles, toutes plus délicieuses les unes que les autres. Alejandro jouait de son corps comme d'une harpe, la faisant vibrer, gémir, frissonner de désir. Elle retint son souffle lorsqu'il glissa une main sous ses fesses et de l'autre caressa l'intérieur de ses cuisses, s'aventurant plus haut pour presser sa paume contre son sexe et enfoncer un doigt en elle. La sentant vibrante et offerte, il accentua la caresse. Affolée de plaisir, Sadie arqua son corps et jouit dans un cri.

Elle était encore secouée de frissons quand il la pénétra lentement, se retirant avant de s'enfoncer à nouveau un peu plus profondément, sans rien précipiter pour lui laisser le temps de s'adapter à lui, à la dureté de sa virilité contre la douceur de sa féminité. Il guettait ses réactions, se laissant guider par ses murmures et ses gémissements. Quand elle se cambra pour mieux l'accueillir, il déchira l'hymen d'un coup de reins, puis l'amena peu à peu au bord du gouffre avant de s'abandonner à son tour, criant son nom.

— Jamais je ne pourrai me rassasier de toi, murmura-t-il avec un soupir de béatitude mêlée de surprise.

Plongeant dans le regard brûlant penché sur elle, Sadie tendit les mains pour attirer sa bouche vers la sienne. Et ce ne fut que bien plus tard, lovée dans le cocon protecteur de ses bras, qu'elle sombra dans le sommeil.

Dans la nuit, elle s'éveilla et se tourna vers lui.

Il lui sourit.

— Tu ne dors pas, chuchota-t-elle.

— Je veille sur toi.

— Tu ressembles davantage à l'ange noir qu'à un ange gardien, le taquina-t-elle en caressant de l'index la ligne ferme de sa mâchoire.

— Je ne prétendrai pas le contraire.

Il emprisonna son doigt entre ses lèvres et le suça lentement, dans un délicieux défi érotique, jusqu'à ce qu'elle commence à se consumer de désir.

— Encore ? dit-il avec un sourire diabolique.

— Oh oui…

— Chevauche-moi, souffla-t-il contre sa bouche.

La tenant serrée contre son torse, il bascula sur le dos et la souleva pour l'asseoir sur lui. Puis il la prit par les hanches pour la guider, lui montrer comment bouger, chercher le plaisir à son propre rythme. S'enhardissant, elle n'eut bientôt plus besoin de son aide. S'agrippant à ses épaules, elle accéléra le rythme, se donnant sans retenue. Elle n'entendait plus que ses gémissements, la respiration d'Alejandro qui faisait écho aux battements de son cœur. Plus rien n'existait que les ondes de jouissance qui les parcouraient, ces sensations merveilleuses qui balayaient toute pensée, tout souci.

Lorsqu'elle se lova contre lui, à bout de souffle, il lui caressa les cheveux.

— Ça va mieux ? murmura-t-il en l'enveloppant de ses bras.

Il sema une pluie de baisers sur ses lèvres et Sadie se prit à croire que cet instant pourrait être un instant d'éternité.

— Quoi ? questionna-t-il doucement en voyant son regard se voiler. Quel est le problème ?

— Toi. Moi. Tout…

Il s'allongea sur le côté pour lui faire face et plonger dans ses prunelles qui captaient des éclats de lune.

— Ne t'ai-je pas rassurée ? Et si c'est le passé qui te tourmente, tu veux bien m'en parler ?

Sadie lâcha un petit rire triste.

— C'est difficile.

— Je m'en doute.

Elle prit une profonde inspiration, puis se jeta à l'eau.

— À la mort de mon père, j'espérais que ma mère se sentirait en sécurité et que nous pourrions nous rapprocher et envisager l'avenir ensemble. Mais rien n'a changé. Même aujourd'hui, elle refuse de me voir. C'est comme si je n'existais pas. Alors, je me demande si ça ne vient pas de moi. Parfois, je me dis que si j'avais été une autre enfant, si j'étais quelqu'un d'autre…

— Je ne comprends pas comment tu peux dire ça, l'interrompit Alejandro.

— Tu ne comprends pas parce que tu as grandi entouré d'amour et de tendresse. C'est ce qui t'a donné confiance en toi et t'a rendu si solide, si fort.

— Toi aussi, tu es forte.

— Par certains côtés, oui.

— Seulement par certains côtés ? fit Alejandro en sondant son regard. Tu as bâti toute seule les fondations de ton existence. Les miennes ont été bâties pour moi. Alors, qui est le plus fort ?

Sadie resta silencieuse un moment, avant d'acquiescer d'un discret hochement de tête.

— Disons que nous sommes à égalité, alors…

— Absolument, conclut Alejandro.

Et la lueur amusée dans son regard fit place à un désir ardent. Ils s'enlacèrent et s'évadèrent dans un monde de caresses et de baisers. Un monde qui avait le goût de la passion.

Ce fut le froid qui la réveilla. Pas étonnant, elle était nue et… seule. Une bouffée d'angoisse la submergea.

Où était Alejandro ? Peut-être était-il sorti prendre une douche ? Le corps brûlant de désir au souvenir de ses caresses, elle s'habilla et courut au bloc sanitaire. Il n'y était pas. Dans ce cas, peut-être était-il tout simplement parti à cheval pour une balade matinale ? Il était sans doute dans les parages. Il ne l'aurait pas quittée comme ça, sans prévenir, pas après ce qu'ils venaient de vivre, se rassura-t-elle en traversant le campement à sa recherche.

Avant cette nuit, elle s'était imaginé que faire l'amour relevait d'une attirance, d'un besoin physique entre deux personnes. Mais avec Alejandro, c'était une émotion qui allait bien au-delà du simple désir charnel. Ils avaient partagé des regards et des rires. Et pour la première fois de sa vie, elle s'était sentie aimée. Acceptée. Elle n'était plus seule.

C'était ça, la magie des montagnes, conclut-elle en virevoltant sur elle-même, dans un élan de pur bonheur.

Un quart d'heure plus tard, elle n'était plus si catégorique. Alejandro n'était nulle part. Elle commençait à s'inquiéter et quand elle demanda à l'une des danseuses si elle savait où se trouvait le duc, celle-ci lui répondit sans hésiter qu'il était parti.

— Parti ? Vous voulez dire qu'il est parti à cheval ?

— Non.

Le cœur de Sadie rata un battement quand la femme leva les yeux vers le ciel. Sadie suivit son regard et découvrit un point noir qui disparaissait au loin sur l'horizon.

— Don Alegon rentre en hélicoptère à la capitale, expliqua la femme, confirmant la pire crainte de Sadie.

Lui non plus ne voulait pas d'elle.

Ainsi se terminait le conte de fées, se dit-elle, luttant contre les larmes. Alejandro l'avait rejetée…

Quitter Sadie était un crève-cœur et Alejandro s'en voulait de devoir le faire si brutalement. Il espérait qu'elle lirait le mot laissé sur le lit et comprendrait que son départ était indispensable et urgent.

Le SMS reçu à l'aube l'informant qu'une grave crise financière exigeait sa présence à Madrid ne lui avait laissé d'autre choix que d'appeler l'héliport pour demander qu'on vienne le chercher aussitôt. Un instant, il avait songé à réveiller Sadie, mais elle dormait et il ne voulait pas l'inquiéter inutilement.

Attendrait-elle qu'il revienne ? Lui ferait-elle confiance ?

Il n'en était pas si sûr. Malheureusement, il ne pouvait être sur deux fronts en même temps. D'un côté le bonheur de Sadie, de l'autre le gagne-pain de centaines de familles qui dépendaient de lui. Son devoir, c'était de rentrer au plus vite à Madrid.

Durant le vol, il tenta de joindre Sadie au téléphone. En vain. Il tombait toujours sur sa messagerie. Si elle n'avait pas vu son mot, il n'osait imaginer son désarroi. Il essaya également de joindre Marissa, puis Maria au château. Là aussi, sans succès.

Bon sang, pourquoi personne ne répondait-il ? Il s'inquiétait pour Sadie. Elle paraissait forte, mais en l'observant, on se rendait vite compte de sa fragilité. Alejandro était convaincu qu'il fallait affronter ses démons pour pouvoir les terrasser. Sadie, elle, avait choisi de les éviter en se jetant à corps perdu dans le travail. Mais si elle ne parvenait pas à se libérer de l'idée qu'elle était la cause du calvaire que ses parents s'étaient mutuellement infligé, si elle ne parvenait pas à accepter le fait que sa mère ne l'avait jamais aimée et ne l'aimerait jamais, tout simplement parce qu'elle n'avait pas d'amour à donner, elle ne sortirait jamais de son cauchemar. Et sa mission à lui était de l'aider à affronter cette réalité, de lui faire comprendre qu'elle méritait d'être aimée. Dès qu'il aurait réglé la crise à Madrid, il courrait la rejoindre.

Les montagnes avaient changé sa vie, songea Sadie en embrassant Marissa. Elle y avait découvert un peuple libre et des amis formidables. L'air pur lui avait aussi éclairci les idées. L'expérience qu'elle venait de vivre avec Alejandro était l'occasion de reprendre sa vie en main et de régler certaines choses dont elle aurait dû s'occuper depuis longtemps.

Marissa avait insisté pour la conduire à l'aéroport dans une vieille jeep cabossée qui avait connu des jours meilleurs. La boîte de vitesses craquait à chaque changement de régime et les freins couinaient.

— Tu devrais demander à ton frère de t'en acheter une neuve ! lança Sadie.

— Pour quoi faire ? objecta Marissa en tapotant affectueusement le volant. Cette vieille copine me suit partout malgré quelques défaillances sans gravité et très faciles à réparer.

Sadie sentit les larmes affluer quand elles passèrent devant le château, mais elle se ressaisit très vite.

— Dès que l'électroménager de la cuisine sera livré, je reviendrai vérifier que tout fonctionne.

— Et Alejandro… Tu le verras ? hasarda Marissa.

— Oui, s'il est là.

Marissa pinça les lèvres comme pour s'empêcher de dire quelque chose qu'elle pourrait regretter et le reste du trajet se déroula en silence. Sadie en était presque soulagée. Le départ brutal d'Alejandro lui faisait trop mal pour qu'elle puisse en parler. Il lui rappelait toutes les fois où elle avait été repoussée, toutes les fois où l'indifférence de sa mère lui avait broyé le cœur…

11.

Assis à une table du El Gato Feroz, Alejandro attendait l'addition.

— J'aimerais féliciter la cheffe en personne, dit-il à la serveuse, sachant que Sadie était aux commandes de la brigade, ce soir-là.

— Je vais la chercher. Elle sera ravie, acquiesça la nouvelle recrue qui ne savait certainement rien de leur histoire.

Ravie ? Il n'en était pas sûr. Et il était encore moins sûr que Sadie accepterait de venir le voir.

C'est pourtant ce qu'elle fit. Elle le salua poliment.

— Don Alegon…

Même dans son uniforme blanc amidonné, elle était plus belle à ses yeux que n'importe laquelle des femmes du monde présentes dans la salle.

— Le dîner était délicieux. Je ne connais pas de meilleur restaurant sur terre.

— Merci, Don Alegon. C'est un honneur pour toute l'équipe de vous avoir à dîner ici.

— Je n'en doute pas, répliqua-t-il avec un sourire ironique.

Il planta ses yeux de braise dans les siens, puis ajouta à voix basse :

— Je passe te prendre à minuit, ajouta-t-il à voix basse. Ne me fais pas attendre.

Sur ce, il repoussa sa chaise et quitta le restaurant sans un regard en arrière. Inutile de prendre des gants avec Sadie. Ils avaient dépassé le stade de la séduction, et le moment était venu de dire certaines vérités… ou de passer à autre chose. Or, il n'avait pas l'intention de tirer un trait sur Sadie.

Il était minuit pile quand elle sortit par la porte de service du restaurant. Vêtue d'un jean et d'une veste en toile, elle traversa la rue et monta dans sa voiture. Sans un mot, Alejandro démarra. Ils roulèrent dans un silence tendu jusque chez lui. Ensuite, il la conduisit directement dans son bureau et l'invita à s'asseoir.

— Je préfère rester debout, dit-elle avec raideur.

Impassible, il lui demanda :

— Tu ne décroches jamais ton téléphone ?

— Si, mais j'ai le droit de choisir à qui j'ai envie de parler.

— Tout comme mes sœurs, commenta Alejandro sans émotion. Dois-je déduire que tu m'en veux ?

— À ton avis ? Tu m'as quittée sans un mot. Tu aurais pu me réveiller avant de partir, mais non ! Sa Grâce n'a pas à donner d'explications à qui que ce soit. Elle décide et disparaît quand elle veut, comme elle veut…

— Tu veux bien me laisser une chance de t'expliquer ?

Sadie croisa les bras, l'air buté, mais resta silencieuse.

— Il y a eu un problème dans l'une des filiales de la compagnie, expliqua Alejandro. Il me fallait régler la crise au plus vite pour éviter le licenciement d'une partie des employés. Je t'avais laissé un mot sur le lit.

— Je ne l'ai pas vu.

— Parce que la colère t'aveuglait et que tu n'as pensé qu'à te sauver plutôt que de décrocher ton téléphone pour obtenir des explications ?

Sadie continuait de se taire et son silence était plus éloquent que les mots. Sans doute avait-elle pris son départ précipité pour un rejet. Un rejet d'autant plus douloureux qu'elle lui avait accordé une preuve suprême de confiance en s'offrant à lui. Elle avait certainement pensé qu'il l'avait abandonnée après avoir obtenu ce qu'il voulait. Les malentendus étaient souvent dévastateurs, plus encore pour des personnes fragiles comme Sadie.

— Oublie ton enfance, Sadie. Ne la laisse pas te détruire.

— Dis plutôt que je ne dois pas *te* laisser me détruire. D'autres conseils ? lança-t-elle, le regard sombre, empli de défiance.

— Oui. Ce n'est pas ce que tu as vécu qui dois te dicter ton avenir. Vis ici et maintenant. Profite de l'instant présent.

— Comme toi ? fit Sadie en jetant un regard circulaire sur le bureau luxueusement meublé, mais froid, clinique, sans rien de personnel. Es-tu si heureux que ça ? Tu dis avoir eu des parents formidables et une enfance merveilleuse. Pourtant, tout ce que tu possèdes, c'est une collection de superbes propriétés un peu partout dans le monde, mais tu n'as pas vraiment de chez toi.

— Si. Ma roulotte dans les montagnes. Écoute, Sadie… Nous avons tous deux des difficultés à surmonter. J'en suis conscient et je sais que je peux parfois te paraître dur, mais sache que *jamais* je ne te ferais de mal.

Elle secoua la tête, l'air toujours aussi farouche et méfiante.

— Je ne peux toujours pas croire qu'avec tous les moyens dont tu disposes tu n'aies pas réussi à me joindre d'une façon ou d'une autre pour t'expliquer.

— Il y a certaines choses dont je préfère parler en tête à tête.

— Eh bien, maintenant que ton vœu s'est réalisé, c'est quoi, la suite ?

Dans sa colère, Sadie s'était dangereusement rapprochée et la tension entre eux n'avait jamais été aussi grande.

— Ne me touche pas ! l'avertit-elle en le fusillant du regard.

— Pourquoi ? Tu as peur de ce que tu pourrais ressentir ?

Comme elle tentait de le repousser, Alejandro lui saisit les poignets. Leurs visages étaient tout proches, à présent.

Alors contre toute attente, elle lui agrippa les cheveux à pleines mains, tira brutalement sa tête vers elle et l'embrassa.

— Voilà ce que j'ai ressenti quand tu es parti, dit-elle, rageuse, en le repoussant. Tu ne peux pas faire irruption dans ma vie quand bon te semble et reprendre là où tu en étais resté.

— Si, je peux.

Alejandro l'attira de nouveau contre lui.

— Ne fais pas ça, souffla-t-elle quand il se mit à caresser ses lèvres du bout de la langue.

— Parce que tu n'aimes pas ? Ou bien… Parce que ça te plaît trop ?

Avec un grondement de colère mêlée de frustration, elle plaqua sa bouche contre la sienne pour un baiser brutal. Mais la fureur fit bientôt place au désir dans toute sa nudité, les confondant dans un même tourbillon de passion sauvage. Alejandro glissa une main entre les jambes de Sadie.

— Je te veux. Et toi ?

Pour toute réponse, elle posa les mains sur la ceinture de son pantalon et l'en dépouilla avant qu'il ait pu ôter sa chemise. Puis elle se débarrassa à la hâte de ses propres vêtements et enroula les jambes autour de lui telle une liane. Il n'y eut pas de préliminaires. Il se glissa en elle d'un seul coup de reins en écrasant ses lèvres sous les siennes, et le corps de Sadie tout entier se raidit sous l'assaut. Redoublant d'ardeur, il la pénétra encore plus profondément dans un va-et-vient, entre plaisir et douleur… Ils se fondaient l'un dans l'autre, consumés par le désir de ne plus faire qu'un. Et leurs cris se mêlèrent quand ils se perdirent enfin dans une extase libératrice.

L'aube se levait quand ils revinrent lentement à eux, allongés côte à côte. Alejandro tourna la tête pour regarder Sadie. Elle avait les yeux fermés. Était-elle endormie ou essayait-elle de lui dissimuler ses pensées ? Il n'eut pas longtemps à attendre pour savoir.

Elle se leva, ramassa ses vêtements et s'habilla.

— Où vas-tu ?

— Chez moi, prendre une douche avant de partir travailler.

Il avait espéré passer la journée avec elle. Il fronça les sourcils.

— Reste au moins pour le petit déjeuner.

— Je suis très occupée.

— Sadie…

— Salut, Alejandro. Et merci pour le conseil. Je comprends mieux cette histoire de vivre l'instant présent. Après tout, ça me suffit peut-être ! conclut-elle avant de quitter la pièce.

Pris à son propre piège, Alejandro lâcha un chapelet de jurons en bondissant hors du lit.

Cette femme le rendait fou. Pire encore, plus elle l'exaspérait, plus il la désirait. C'était incompréhensible. Et il n'était pas au bout de ses surprises.

Lorsqu'il appela le restaurant pour demander à lui parler, la réception l'informa que Sadie était en déplacement pour l'achat de matériel dans le cadre d'un important projet de rénovation de cuisine en Sierra Nevada, où elle se rendrait ensuite avant de revenir vers Madrid.

Sidéré, Alejandro raccrocha, conscient de s'être fait berner par une femme aussi douée que lui pour disparaître quand ça l'arrangeait.

Pris dans le tourbillon des responsabilités et des voyages d'affaires, Alejandro n'avait ni vu ni parlé à Sadie depuis un mois, et la distance n'avait fait qu'augmenter sa frustration au-delà du supportable. Annalisa fut la première à faire les frais de sa mauvaise humeur quand elle l'appela alors qu'il décollait de Madrid pour la Sierra Nevada.

— Tu daignes enfin m'adresser la parole ! aboya-t-il.

— Seulement pour te prévenir de ne pas importuner Sadie. Elle est au château où elle fait un boulot formidable. La cuisine est une merveille.

N'ayant d'autre choix que d'entendre chanter les louanges de la femme qui tourmentait son esprit jour et nuit, Alejandro tapa impatiemment du pied. Au moins, savait-il maintenant où la trouver.

— Dis-lui de rester au château jusqu'à ce que j'arrive. Je compte sur toi pour lui faire passer le message puisqu'elle refuse de prendre mes appels.

— Je me demande bien pourquoi ! ironisa Annalisa. Mais je me vois mal lui dire ce qu'elle a à faire. Est-elle censée deviner la date et l'heure de ton arrivée ? Il n'y a pas que pour toi que le travail est important. Elle a peut-être autre chose à faire que de t'attendre, tu sais.

Il y eut un silence, puis elle ajouta d'une voix radoucie :

— Qu'est-ce que tu lui as fait, Alejandro ? Qu'est-ce que tu lui as dit ? Elle a forcément une bonne raison de ne plus vouloir te parler.

— J'ai besoin d'elle sur place pour la soirée de clôture du festival, dit-il, esquivant la question. Elle connaît maintenant la cuisine mieux que personne et avec elle aux fourneaux, le dîner sera une réussite.

— Ah, c'est pour ça que tu veux qu'elle t'attende ? Pour faire la cuisine ? se moqua Annalisa. Tu as de la chance. Elle en a discuté avec Sorollo, c'est elle qui va superviser l'organisation de la soirée. Mais tu n'as pas intérêt à l'énerver.

— Comme si je n'avais que ça en tête !

Alejandro raccrocha avec un soupir agacé. C'était surtout Sadie qui faisait tout pour l'énerver. Elle excellait même dans cet art – en le quittant sans un mot, en refusant de prendre ses appels. Mais à présent qu'il avait réglé ses problèmes professionnels, il n'allait plus la lâcher. Il avait juste un petit saut à faire au campement afin de s'assurer que tout le monde était prêt pour la soirée donnée au château. C'était l'événement de l'année dans le monde du flamenco, l'occasion pour les artistes de se faire connaître.

La vue des premiers contreforts montagneux lui fit battre le cœur un peu plus vite. Il avait hâte d'arriver. Parce que Sadie l'obsédait et qu'il voulait la retrouver – leurs disputes qui se terminaient par une réconciliation passionnée sur l'oreiller lui manquaient.

Et plus encore peut-être, il était impatient de retrouver cette atmosphère d'intimité lumineuse, pleine de chaleur, qu'elle créait autour d'elle. Preuve qu'elle avait peut-être raison quand elle disait qu'il possédait une impressionnante collection de propriétés somptueuses, mais n'avait pas de véritable foyer…

12.

Enceinte !

Sadie regarda la languette de plastique qui venait de virer au bleu. Le souffle coupé, elle s'adossa au mur derrière elle et s'obligea à respirer lentement, profondément.

Oui, le résultat était là, sous ses yeux. Elle était enceinte ! Elle compta et recompta les jours pour conclure que le bébé avait été conçu dès leur première nuit. La rénovation de la cuisine du château l'avait tellement occupée qu'elle ne s'était pas souciée des premières nausées matinales. Maintenant qu'elle savait, elle allait devoir prévenir Alejandro.

Une bouffée de joie intense mêlée d'appréhension envahit son cœur. Avoir une famille à *elle*, c'était son rêve. Elle n'avait pas de modèle pour être une bonne mère, mais elle ferait de son mieux, décida-t-elle, submergée par une émotion qui lui fit venir les larmes aux yeux. Les bébés ne venaient pas au monde avec un mode d'emploi. Elle apprendrait, comme toutes les jeunes mamans.

Les jambes tremblantes, elle s'avança vers le lavabo et se passa le visage sous l'eau froide avant de dissimuler la pâleur de ses joues sous un léger maquillage. Pour la première fois de sa vie, elle aurait voulu avoir une mère à qui confier ses espoirs et ses craintes, mais une chose était sûre : elle se battrait de toutes ses forces pour son enfant.

Et Alejandro… Comment réagirait-il ?

Elle le saurait bientôt. Demain, le beau, le ténébreux duc d'Alegon recevrait les grands de ce monde pour la soirée de clôture du festival annuel de flamenco.

Le lendemain soir, Sadie avait les nerfs à fleur de peau. Maria lui avait appris qu'Alejandro était au campement et le savoir si proche lui faisait battre le cœur. Elle était à la fois folle d'inquiétude et impatiente de connaître sa réaction quand il apprendrait la nouvelle. S'il lui tournait le dos, elle saurait se débrouiller seule. Et s'il voulait prendre sa part de responsabilités, elle devrait lui faire comprendre qu'il était hors de question qu'il régente son existence et celle de leur enfant.

Elle traversa l'immense terrasse où avaient été dressées les tables du banquet selon un plan soigneusement préparé. C'était une nuit d'été idéale. Sur le velours sombre d'un ciel sans nuages, la voie lactée se détachait telle une longue écharpe vaporeuse et les guirlandes lumineuses rivalisaient avec les étoiles couronnant les sommets enneigés.

Les invités n'allaient pas tarder, mais Alejandro restait invisible. D'après Maria, il arrivait toujours un peu avant le début des festivités pour vérifier les derniers détails du spectacle qui aurait lieu après le dîner. Ce qui ne leur laisserait pas beaucoup de temps pour se parler, s'inquiétait déjà Sadie en regagnant la cuisine.

La pièce était à présent étincelante et parfaitement équipée. Alejandro aimerait-il la façon dont elle l'avait rénovée ? Apprécierait-il l'organisation du dîner, le menu, la décoration des tables avec les bougies et les petits présents personnels posés sur chaque assiette ? Elle voulait que cette nuit soit pour chaque personne présente un moment d'exception, de même que pour Alejandro quand elle lui annoncerait sa future paternité.

Après avoir donné ses instructions au personnel en cuisine, elle remonta sur la terrasse pour superviser le service des canapés et du champagne aux premiers invités. Les artistes commençaient à arriver, eux aussi. Sadie, qui en connaissait déjà quelques-uns, les accueillait avec des sourires, mais en son for intérieur, elle sentait la panique la gagner. Où était donc Alejandro, lui qui n'était jamais en retard ?

Renseignements pris aussi discrètement que possible, elle fut soulagée d'apprendre qu'il était resté au campement pour s'assurer que tout le monde disposait bien d'un moyen de transport jusqu'au château. Sadie n'était pas surprise, elle connaissait son côté attentionné. Elle espérait juste qu'il se manifesterait dès son arrivée.

Le bruit d'un hélicoptère fit taire les conversations et tous les regards se levèrent vers le ciel. L'appareil se posa sur sa zone d'atterrissage au sommet du bâtiment principal. L'espace d'un instant, le souffle produit par les pales du rotor menaça d'éteindre les bougies, mais elles résistèrent et revinrent à la vie, plus scintillantes que jamais pour accueillir le maître des lieux.

Subjuguée malgré elle, Sadie regarda le père de son enfant descendre quatre à quatre les marches menant à la terrasse. Vêtu d'un pantalon noir moulant et d'une chemise blanche, une veste en lin crème négligemment jetée sur l'épaule, il était l'élégance même. Tandis qu'elle, dans sa tenue de cuisinière, ses joues rosies par la chaleur des fourneaux, ses cheveux cachés sous une toque et ses sabots de travail aux pieds, avait piètre allure. Le contraste était si saisissant qu'elle se demanda quel genre d'enfant ils avaient conçu. Un garçon manqué, si c'était une fille, se dit-elle, imaginant déjà une frimousse espiègle surmontée d'une masse de boucles rousses. Et si c'était un garçon, à coup sûr ce serait un casse-cou qui mettrait ses nerfs à rude épreuve.

Son cœur bondit quand le regard d'Alejandro l'épingla en marge de la foule des invités qui se pressaient autour de lui. Elle lui répondit par un bref sourire avant d'aller se réfugier en cuisine.

Le dîner était un succès. Annalisa encourageait à présent les convives à acclamer Sadie. Seul, Alejandro demeurait silencieux. Mais son calme était semblable à celui du volcan avant l'éruption. À chaque fois qu'elle quittait la cuisine pour aller jeter un œil en salle, Sadie sentait son regard rivé sur elle. Il était la flamme et elle le papillon de nuit.

Il fallait agir. L'enjeu était trop important pour se laisser distraire et retarder ce qu'elle avait à lui annoncer. Alors, dès qu'elle vit Alejandro quitter la table, elle le suivit à l'intérieur du château.

Sentant sa présence dans son dos, il s'immobilisa au milieu du hall et se retourna.

— Pourquoi bloques-tu mes appels ?

— Tu…

— Je *quoi* ? aboya-t-il.

Sadie sursauta. Ce n'était pas ainsi qu'elle avait espéré commencer cette conversation.

— Cette fois, c'est toi qui es partie comme une voleuse, Sadie. À quoi tu joues ? Tu comptes les points ? Tu rends coup pour coup ?

Il n'avait pas vraiment tort, aussi jugea-t-elle préférable de calmer le jeu.

— J'ai essayé de te joindre, mais ta secrétaire m'a répondu que tu étais en déplacement.

— En effet, je voyage beaucoup, répliqua Alejandro d'un ton cassant qui la fit frissonner. J'ai des affaires à suivre dans le monde entier.

Et donc pas de temps pour s'occuper d'un enfant, songea Sadie, dont les rêves de bonheur familial étaient en train de voler en éclats. Elle contre-attaqua.

— Toi non plus, tu n'as pas fait trop d'efforts pour essayer de me contacter.

— Si. Je voulais m'assurer que tu allais bien, mais comme tu ne décroches pas quand mon numéro s'affiche, nous sommes quittes, conclut-il d'un ton glacial.

Sadie le dévisagea. Tout à coup, elle sentit son cœur se serrer. Elle ne voulait pas se disputer avec lui. Pas ce soir.

— Je suis désolée.

— Moi aussi.

Il avait l'air sincère. Ils se mesurèrent du regard un

long moment jusqu'à ce que la musique vienne rompre le silence pesant.

— Le spectacle a commencé. Tu devrais y aller, dit-elle d'une voix tendue.

Alejandro haussa les épaules.

— J'ai assisté aux répétitions. Je connais le talent des artistes.

— Ils apprécieraient peut-être ta présence.

— Ils sont tellement concentrés sur scène qu'ils ne s'apercevront pas de mon absence.

— Tout de même…

— Tu tiens vraiment à contester tout ce que je dis ?

Le ton était sec, mais Sadie crut distinguer une pointe d'humour qui la rassura. Tant d'émotions contradictoires se bousculaient sous son crâne qu'elle ne savait par où commencer.

— Si tu veux qu'on parle, reprit-il, suis-moi…

Il ouvrit la porte la plus proche qui donnait sur un vaste espace baigné par la lumière bleutée d'une piscine intérieure.

— Sadie…

Elle n'eut pas le temps d'ouvrir la bouche qu'il l'attira contre lui. Le contact entre eux était toujours électrique, mais cette fois ce fut encore plus fort. Peut-être à cause du bébé qui les liait, songea-t-elle confusément quand il s'empara de sa bouche pour un baiser ravageur, lui ôtant toute pensée cohérente.

— Tu as besoin de moi, souffla-t-il contre ses lèvres sans chercher à dissimuler son désir. Tu as besoin de ça…

C'était un constat, pas une question. Il l'embrassa de nouveau et Sadie répondit à son baiser. Glissant les doigts dans les cheveux d'Alejandro, elle se lova contre lui.

— Dois-je comprendre que, dans le peu de temps dont je dispose avant de rejoindre mes invités, tu es d'accord pour que nous cessions de nous chamailler ? demanda-t-il avec un demi-sourire.

Sans attendre sa réponse, il reprit possession de sa bouche

et la souleva contre lui avant de la laisser redescendre le long de son corps, lentement pour qu'elle perçoive l'intensité de son désir. Elle aussi était excitée… Il la sentait vibrer entre ses bras, consumée par la même fièvre. Il lui ôta son slip en même temps qu'il la débarrassait de son pantalon. Puis libérant son sexe, il se pressa contre elle, chair contre chair. Les jambes de Sadie se nouèrent d'elles-mêmes autour de sa taille. Et quand Alejandro la souleva pour s'immiscer en elle d'une seule poussée, elle ne put retenir un cri de plaisir qu'il étouffa en l'embrassant à pleine bouche.

— Encore…, murmura-t-il quand elle reprit ses esprits. Ensuite, nous parlerons.

Une lueur dans son regard la mit mal à l'aise, mais Alejandro la portait déjà vers une méridienne sur laquelle il s'assit. Passant une main sous ses fesses, il la disposa à califourchon sur lui et la fit glisser le long de son sexe. Puis il bascula ses hanches, envahissant son corps, et ils firent de nouveau l'amour dans un élan sauvage, poussés par une force qui les dépassait, dans une communion parfaite.

— Ça va mieux ? murmura-t-il quand elle se blottit contre lui, comblée.

Mais déjà, il bougeait de nouveau en elle, l'excitant de nouveau jusqu'à ce qu'elle n'ait d'autre choix que de se laisser emporter une fois de plus vers des sommets de sensations.

— Tu voulais me parler, lui rappela Alejandro quelques instants plus tard, alors qu'ils se rhabillaient à la hâte. Je n'ai pas oublié, mais je crains que les invités ne commencent à s'inquiéter de mon absence. Il faut que j'y retourne. On en discute plus tard dans la soirée, d'accord ?

Sadie se raidit.

— Je préfère te parler maintenant.

— C'est urgent ?

— Oui.

Sans se presser, Alejandro boutonna sa chemise dans un silence soudain tendu avant de lever les yeux vers elle.

— Je suis enceinte.

— J'aurais dû m'en douter, dit-il d'une voix dénuée d'émotion. Que pouvait-il y avoir de plus urgent ?

Il fronça les sourcils.

— Tu aurais dû me le dire plus tôt. Si j'avais su, nous n'aurions pas fait l'amour aussi brutalement.

En lisant l'inquiétude sur le visage d'Alejandro, Sadie sentit ses angoisses revenir en force. Des angoisses qu'elle devait à tout prix surmonter, maintenant qu'elle allait être mère.

— Je me suis renseignée. Cela n'est pas dangereux pour l'enfant à naître.

— Tu t'es renseignée ? répéta Alejandro, incrédule. Depuis quand sais-tu que tu es enceinte ?

— Depuis quelques heures seulement. Comme je n'ai personne à qui poser de questions sur la maternité, j'ai tout de suite fait des recherches sur Internet pour ne pas prendre le moindre risque avec la vie de mon enfant.

— À t'entendre, on croirait que tu comptes l'élever seule.

Sadie fronça les sourcils.

— Pourquoi pas ?

L'expression sévère sur le visage d'Alejandro s'adoucit.

— Et pourquoi ne me ferais-tu pas confiance ? Je reconnais que je suis très occupé et que je me déplace souvent, mais ça ne veut pas dire que je me fiche de tout le reste.

Sadie hésita.

— Qu'attends-tu exactement de moi, Alejandro ?

Elle vit la lueur de compassion dans son regard.

— Que tu sortes de ta spirale d'insécurité, de méfiance et de solitude, Sadie. Rien ne t'oblige à te débrouiller seule.

— Mais je m'en sors très bien comme ça depuis toujours !

Se sentant soudain terriblement vulnérable, elle baissa les yeux.

— Accepter de l'aide n'est pas synonyme de faiblesse,

Sadie. Tu es forte. Non… Ne te détourne pas de moi, dit-il quand elle essaya d'éviter son regard. Parle-moi… Demande-moi de t'écouter, de te comprendre. Cesse de te cacher. Si tu as des choses à me dire, je veux les entendre. Tout ce que je te demande, c'est de me faire confiance et de bien vouloir m'écouter avant de décider quoi que ce soit. D'accord, il y a eu un malentendu entre nous, mais est-ce si important au regard de l'incroyable nouvelle que tu viens de m'annoncer ?

Tout en parlant, Alejandro l'avait saisie par les épaules pour la forcer à se tourner vers lui. Elle scruta son visage d'un regard incertain.

— Alors, tu n'es pas fâché pour le bébé ?

— Fâché ?

Il ferma les yeux comme s'il réfléchissait, puis les rouvrit, l'air perplexe.

— En fait, je suis ravi. Mon seul souci, c'est que ça va provoquer pas mal de changements dans ton existence.

— Dans la tienne aussi.

— En effet. Je compte participer pleinement à la vie de mon enfant.

— Notre enfant, corrigea aussitôt Sadie, l'esprit en alerte.

Comme Alejandro acquiesçait d'un bref hochement de tête, elle se dit que le bouleversement hormonal de la grossesse exacerbait ses réactions et qu'elle ferait bien de prendre un peu de recul. Le ton avait tendance à monter rapidement entre eux, encore plus maintenant, les amenant à tirer parfois des conclusions un peu trop hâtives.

— Es-tu rassurée à présent ?

— Oui, reconnut-elle avec prudence.

Elle se baissa pour enfiler ses sabots de cuisine.

— Ce n'est pas pratique pour danser, observa Alejandro.

— Je n'ai pas prévu de danser. J'ai trop de choses à faire.

— Et une dizaine de marmitons en cuisine pour t'aider, lui rappela-t-il. Alors, nous allons danser pour fêter l'arrivée d'une nouvelle vie sur terre. C'est la tradition tzigane, la raison d'être du flamenco. Il est l'expression de nos émotions, il parle pour nous.

Pour *lui*, rectifia Sadie en son for intérieur. Parce qu'il était incapable de verbaliser ses sentiments.

Elle ferma brièvement les yeux.

Ne lui en demande pas trop tout de suite, sois indulgente et laisse-le tranquille.

La nouvelle qu'ils venaient de partager était de celles qui bouleversent une vie entière, et contre toute attente, Alejandro l'avait bien prise. Alors ce soir, elle ne voulait pas se disputer avec lui. Elle voulait simplement profiter de l'instant.

13.

— Tu devrais retourner te changer dans ta chambre, suggéra Alejandro. Je t'attends sur la terrasse.

Sadie acquiesça d'un sourire. Elle aurait préféré parler encore un peu avec lui, mais il s'était déjà trop longtemps absenté.

Quand elle ouvrit la porte de sa chambre, un cri de surprise lui échappa à la vue du somptueux bouquet de pivoines qui trônait sur une délicate console. Une carte y était accrochée.

Heureux de te revoir. J'espère que ces fleurs te plairont.

Sous sa signature, Alejandro avait ajouté :

Au nom de tout le personnel, merci pour la nouvelle cuisine. Tout le monde est ravi. Maria dit que tu as révolutionné sa vie.

Sadie serra la carte contre son cœur, consciente de ce que représentaient désormais pour elle ce château et tous ceux qui y travaillaient. Elle adorait cet endroit et dans des moments comme celui-ci, elle avait même l'impression d'y avoir trouvé une famille, un foyer. Mais ce n'était pas chez elle. Ce lieu magnifique n'était qu'une des nombreuses propriétés d'Alejandro. N'allait-elle pas devenir une possession de plus sur sa liste ?

Arrête ça tout de suite ! Elle n'était la propriété de personne et ne le serait jamais. Il ne tenait qu'à elle de maîtriser ses sentiments amoureux à l'égard d'Alejandro. Cela dit, il ne lui facilitait pas la tâche en lui offrant des fleurs.

Et ce n'était pas fini… Dans la penderie s'alignaient une dizaine de robes du soir toutes plus belles les unes que les autres.

Émerveillée, Sadie fit glisser ses doigts sur les satins, les soies et les dentelles. Comment avait-il réussi à organiser tout ça dans la journée ? Décidément, cette garde-robe était la preuve qu'on ne refusait jamais rien à Don Alejandro de Alegon. Des gens avaient dû se donner un mal fou pour les livrer au château. Il n'y avait pas de mal à les essayer…

Alors, tu vas danser avec Alejandro ?

Bien sûr ! Sinon, il croirait qu'elle se dégonflait. Oui, elle porterait l'une de ces robes fabuleuses. L'attention était si délicate qu'il aurait été grossier de refuser.

N'est-il pas en train de te faire miroiter tout ce qu'il pourrait t'offrir si tu acceptais qu'il te prenne sous son aile ?

Non, il agit uniquement par gentillesse.

Ôtant sa toque, Sadie chassa le poison du doute. Dans quelques mois, elle ne pourrait plus porter aucune de ces robes, de toute façon, et il lui faudrait bien plus de courage pour donner naissance et élever un enfant que pour enfiler l'une de ces merveilles et rejoindre Alejandro sur la piste de danse.

Sadie avait du cran. Alejandro était certain qu'elle porterait l'une des robes qu'il avait fait venir de Paris exprès pour elle. Mais ce qu'il n'avait pas prévu, c'était l'émotion qui lui serrera le cœur quand elle apparut au sommet de l'escalier. Il se demanda si un seul des invités reconnaissait en elle la femme qui leur avait préparé un véritable festin, ce soir.

La professionnelle austère s'était métamorphosée en une beauté flamboyante. À peine maquillée, Sadie portait la robe qu'il avait espéré qu'elle choisirait – en soie ivoire rehaussée de broderies, elle moulait à la perfection ses formes délicates.

Poussé par le besoin primitif de faire savoir à tous les mâles présents que cette femme était à lui, il grimpa les marches quatre à quatre pour l'accueillir.

— Tu es très belle, murmura-t-il en lui prenant le bras.

— Je peux descendre seule.

— Avec ces talons aiguilles ?

Sans se démonter, elle les retira et, pieds nus, reprit le bras d'Alejandro.

— Quelle femme exaspérante ! marmonna-t-il.

— Tu aurais préféré que je reste dans ma chambre ?

— Comme Cendrillon ? C'est un rôle qui ne te va pas du tout.

Sadie haussa les épaules.

— En tout cas, merci pour les fleurs et les robes. Je les aime toutes ! Et que ça te plaise ou non, ajouta-t-elle avec un sourire éblouissant. Avec toi, j'ai l'impression d'être Cendrillon.

Était-ce bon signe ? se demanda-t-il en l'enlaçant pour une première danse. Avec Sadie, il n'était jamais sûr de rien. Ça faisait partie de son charme.

Après la seconde danse durant laquelle il s'était efforcé de garder une distance respectable avec le corps de sa cavalière qui le frôlait sans pitié dans une forme d'exquise torture, ils se séparèrent d'un commun accord pour circuler parmi les invités.

— Quelle femme charmante… Quelle beauté…

Les éloges pleuvaient de toute part pour le plus grand plaisir d'Alejandro. Jusqu'à ce que sa petite sœur le ramène durement sur terre.

— J'espère que tu ne vas pas tout gâcher, cette fois. Promets-moi de ne pas la laisser filer.

— Continue et je t'envoie au lit sans dîner !

— J'aimerais bien voir ça. !

Annalisa inclina la tête sur le côté pour le dévisager d'un œil songeur.

— T'entendre plaisanter est déjà un progrès. Sadie a de toute évidence une influence positive sur toi.

Gentiment, Alejandro repoussa sa main posée sur son bras et partit rejoindre un groupe d'invités proche de Sadie.

Jamais, il n'avait éprouvé un tel instinct de possession à l'égard d'une femme. Pas seulement parce qu'elle attendait son enfant. Il y avait aussi toutes ces émotions qu'elle éveillait en lui – cette faim qu'aucune autre femme ne pouvait apaiser et ce besoin de la protéger, cette envie de l'envelopper dans un cocon douillet pour la préserver de tout ce qui pourrait lui faire du mal.

Était-ce cela, le véritable amour ?

Quand la musique reprit, ils marchèrent l'un vers l'autre, attirés telles deux pièces d'un puzzle s'assemblant à la perfection.

— Heureuse ? demanda-t-il tandis qu'ils évoluaient ensemble.

— Très.

Mais après cette soirée, Sadie tenait à ce que les choses soient claires entre eux. Elle voulait l'entendre dire qu'il était d'accord pour veiller sur l'avenir de leur enfant sans pour autant vouloir tout régenter. Elle espérait qu'il se montrerait raisonnable quand viendrait le temps de partager les responsabilités.

Naturellement, elle aussi allait devoir apprendre l'art du compromis, se dit-elle en virevoltant entre ses bras. Depuis l'enfance, tout était soit noir soit blanc à ses yeux. Désormais, elle allait devoir accepter une infinie palette de gris.

Il était sur le point d'abandonner son rôle de protecteur, soupira Alejandro. Même si elle n'altérait pas la beauté de ses traits, la fatigue se lisait sur le visage de Sadie. Têtue, elle avait cependant insisté pour retourner en cuisine aider ses collègues.

Il était temps de prendre des mesures pour sa sécurité et celle de leur enfant, mais avant qu'il puisse l'emmener se reposer au campement, il avait une affaire urgente à régler qui allait l'éloigner quelques jours de plus.

Il n'en avait encore rien dit à Sadie. Il voulait procéder en douceur pour ne pas rompre le lien si fragile de la confiance entre eux. Il voulait la rassurer. Il voulait qu'elle se sente en sécurité avec lui. Il voulait la convaincre que sa vie et celle de leur enfant seraient mille fois plus faciles sous sa protection.

Il se souvenait de la joie de sa mère quand elle attendait Annalisa et il désirait qu'il en soit de même pour Sadie. Mais sa mère était alors entourée par une famille et un époux aux petits soins pour elle, tandis que Sadie était convaincue de n'avoir besoin de personne. Sous l'effet peut-être du bouleversement hormonal lié à la grossesse, elle semblait plus que jamais convaincue de ne devoir compter que sur elle-même. Si seulement il pouvait lui faire comprendre qu'elle n'était plus seule, désormais !

Sadie sourit, soulagée que la fête ait été un succès. Comme prévu, elle s'était prolongée jusque tard dans la nuit et ce n'est qu'une fois les derniers invités partis qu'elle finit par s'avouer épuisée.

Dans le hall, Alejandro l'embrassa sur la joue en la remerciant pour cette merveilleuse soirée.

D'un point de vue professionnel ou personnel ? se demanda-t-elle alors qu'il tenait son visage entre ses mains avec autant de délicatesse que s'il s'était agi d'une fragile poupée de porcelaine.

— La grossesse n'est pas une maladie, Alejandro. Je ne suis pas en sucre.

— J'ai le droit d'être tendre. Et tu as besoin de repos,

dit-il en reculant. Tu as beaucoup trop travaillé ce soir. J'aurais dû t'en empêcher.

— Ce n'est pas parce que je suis enceinte que je vais arrêter de travailler.

Il fronça les sourcils, mais se tut.

— On verra comment tu te sens, finit-il par concéder en s'emparant de ses lèvres cette fois pour un baiser langoureux.

Un baiser qui avait un goût d'au revoir.

Sadie frissonna.

— Tu pars, murmura-t-elle quand il libéra sa bouche. Pour combien de temps, cette fois ?

Elle n'avait pas le droit de poser cette question, mais les mots avaient jailli de ses lèvres et elle en regrettait déjà chaque syllabe tant elle donnait l'impression d'être désemparée, elle qui avait appris à ne dépendre de personne.

— Je ne sais pas exactement, reconnut Alejandro. Mais je suis toujours joignable sur mon téléphone, alors, s'il te plaît, n'éteins pas le tien.

Rien n'avait changé, songea Sadie, soudain étreinte par une sensation de vide, de désespoir. Alejandro continuait de vivre comme s'il n'avait de comptes à rendre à personne. Elle ne pouvait le lui reprocher car elle n'avait aucun droit sur lui, mais elle avait le cœur serré à l'idée qu'il s'en aille. Peut-être avait-il besoin de prendre ses distances avec elle, maintenant qu'il savait pour le bébé… Et s'il ne voulait plus la voir ? De nouveau, le poison du doute s'insinua en elle…

— Va te coucher, Sadie. Je décolle dans quelques heures et je tiens à ce que tu dormes.

Il n'y aurait même pas une dernière nuit dans ses bras. Elle détourna la tête.

— Sadie…

Alejandro lui prit le menton pour chercher son regard.

— Je vais revenir. En attendant, je veux que tu te reposes au château. Maria prendra soin de toi.

— Je ne peux pas rester. Mon boulot est à Madrid.

— Démissionne.
— Il n'en est pas question.
— Et quand le bébé sera là ?
— Je m'arrangerai.
Ils se mesurèrent du regard dans un silence tendu avant d'accepter qu'aucun des deux ne cède ce soir.

Sadie tourna le dos à Alejandro et regagna seule sa chambre. Épuisée, elle s'assoupit quelques instants avant de rouvrir les yeux en entendant l'hélicoptère décoller.

La veille encore, elle ne pensait qu'à préserver son indépendance. Mais à présent, elle aurait voulu avoir Alejandro près d'elle. Ils n'avaient pas eu le temps de parler du bébé, de l'avenir… À moins qu'Alejandro jugeât inutile d'en discuter parce que comme à son habitude il déciderait, il organiserait, il ordonnerait – Eh bien non ! L'arrivée d'un enfant changeait tout.

Quand elle appela Sorollo pour lui annoncer la nouvelle, il insista aussitôt pour qu'elle prenne un congé sabbatique. Après quelques hésitations, Sadie convint que c'était peut-être le moment de sortir de sa routine pour en apprendre un peu plus sur l'héritage culturel du père de son enfant. Elle n'avait pas besoin d'attendre le retour d'Alejandro pour ça, comme pour le reste, d'ailleurs. Et puisqu'elle se sentait en pleine forme et qu'elle n'avait pas l'intention de rester confinée au château à se reposer comme il le lui avait *conseillé*, elle allait retourner au campement. Marissa n'y serait pas car elle était partie passer quelques jours à Madrid avec Annalisa, mais Sadie n'était pas inquiète d'y débarquer seule. Comme la musique, la cuisine avait le pouvoir de créer le lien entre les gens des quatre coins du monde.

Après avoir prévenu Maria, elle fit ses bagages et monta dans la première fourgonnette disponible, pressée de retrouver le peuple qu'elle aimait tant.

Alejandro lui manquait déjà…

L'appel tira Alejandro du lit en pleine nuit. Le téléphone coincé entre l'épaule et l'oreille, il enregistra les informations tout en enfilant un jean à la hâte. Le campement avait été touché par une avalanche.

Et Sadie était là-bas ! Enceinte !

Bon sang, pourquoi n'était-elle pas restée au château, comme il le lui avait demandé ?

Tout en terminant de s'habiller, il appela l'aérodrome pour déposer un plan de vol en urgence.

Une avalanche en plein été n'était pas rare dans la Sierra Nevada. Sous l'effet d'une rapide montée de la température, les neiges éternelles en haute altitude avaient commencé à fondre et de violentes bourrasques avaient achevé de rendre le manteau neigeux totalement instable.

Sadie avait perçu l'imminence de la catastrophe quand le murmure qu'elle avait d'abord pris pour le vent s'était transformé en un grondement assourdissant qui avait couché sur le côté la roulotte dans laquelle elle dormait, la projetant au sol.

Une fois le choc passé, prudemment, elle se releva, vérifia qu'elle n'avait rien de cassé et que sa chute n'avait pas fait de mal au bébé. Puis elle chercha ses vêtements au milieu du chaos et les enfila à la hâte avant de forcer une fenêtre pour se laisser glisser dans la neige.

Lentement, elle se retourna. Sous ses yeux, ce n'était que désolation. Ce paysage hivernal n'avait rien de féerique. Le campement avait été balayé par l'avalanche. Adultes et enfants erraient dans la neige, hébétés.

Sadie passa aussitôt de la stupeur à l'action. Parce que s'il y avait un domaine dans lequel elle excellait, c'était celui de l'organisation, une qualité essentielle chez un chef cuisinier. Sans organisation, même les plus talentueux allaient droit dans le mur.

Après avoir alerté les autorités et laissé un texto sur le portable d'Alejandro, elle se mit au travail.

Elle commença par regrouper les gens pour les mettre en sécurité, les rassurer, repérer ceux qui nécessitaient des soins et apporter les premiers secours. Il fallait aussi gérer l'arrivée de tous ceux qui affluaient des villages alentour pour offrir leur aide. Il était essentiel de les orienter là où ils seraient le plus utiles.

Quelques semaines auparavant, elle avait été accueillie ici avec cordialité et politesse. À présent, elle était des leurs, et c'était le moment de leur rendre ce qu'ils lui avaient donné.

14.

Alejandro arriva accompagné de trois hélicoptères pour évacuer les rescapés. Comme il survolait le plateau avant d'amorcer la descente, il repéra une silhouette qui faisait de grands signes pour positionner des gens censés baliser un site d'atterrissage au milieu de la neige. L'éclat flamboyant de la chevelure rousse ne laissait planer aucun doute sur l'identité de celle qui dirigeait les opérations.

Sadie !

Bon sang, qu'est-ce qu'elle fabriquait à crapahuter au milieu des amas de neige ? Elle était enceinte, nom d'un chien !

Aussitôt, Alejandro appela son assistant personnel et lui demanda de prévenir le meilleur obstétricien de Madrid de l'arrivée d'une nouvelle patiente. Après quoi, s'exhortant au calme, il atterrit sur la zone délimitée par la future mère de son enfant et coupa les moteurs.

Visiblement maîtresse de la situation, Sadie s'avança à sa rencontre et le sermon qu'il avait sur le bout de la langue se perdit dans le briefing qu'elle lui donna avec autant de précision et de concision que l'aurait fait n'importe quel secouriste professionnel.

— Les premières opérations de sauvetage sont en cours, conclut-elle en soutenant son regard sévère.

Rassuré qu'elle aille bien, il adopta le même ton.

— Beau travail. Un poste de commandement est prévu ?

— Dans ta roulotte.

— OK. Comment vas-tu ? ne put-il s'empêcher de demander alors qu'ils s'éloignaient de l'hélicoptère.

Elle lui glissa un bref coup d'œil.

— Je vais bien. Le bébé aussi. Rassure-toi, je n'ai pris aucun risque.

— Non, tu viens juste d'échapper à une avalanche et tu as organisé une opération de sauvetage. Tu ne trouves pas ça dangereux ?

— Tu aurais préféré que je reste les bas croisés ?

— Dans ton état, oui.

Cette fois, elle tourna vers lui un regard tranchant.

— Je vais bien, Alejandro.

— J'espère…

— Voici ce que nous avons organisé pour parer au plus urgent, reprit-elle, détournant l'attention de sa personne.

Il était difficile de faire mieux, constata Alejandro, surpris et plus admiratif que jamais de cette femme aussi efficace qu'exaspérante.

— J'espère que ça ne te dérange pas, dit-elle en arrivant à proximité de sa roulotte. Je l'ai choisie pour en faire le centre de coordination des secours parce que c'est l'une des rares à être intacte et c'est aussi la plus spacieuse.

— Pas de problème. Autant qu'elle serve. Jure-moi juste que tu n'as pas soulevé de poids, grogna-t-il en voyant les caisses de matériel déjà larguées par avion.

— Je sais ce que je peux faire ou ne pas faire, Alejandro. Fais-moi confiance.

Et elle ? Lui faisait-elle confiance ?

— Viens que je te présente l'équipe ! ajouta-t-elle en ouvrant la porte.

Quelques instants plus tard, Alejandro découvrait une forme de partenariat inédite pour lui. Assise à son côté, Sadie n'hésitait pas à argumenter d'égal à égal avec lui et à avancer ses idées avec intelligence et sang-froid, même au cœur d'une grise aussi grave.

Tout le contraire de la femme qu'elle était dans l'intimité. Elle était alors impulsive, fragile, émotive et parfois même totalement irrationnelle. C'était peut-être cette combinaison fascinante des deux facettes de sa personnalité qui la rendaient si exceptionnelle. Réussirait-il à la changer ? Probablement pas, admit-il alors que la réunion se terminait. Tout ce qu'il pouvait faire, c'était l'aimer et faire en sorte qu'elle se sente en sécurité avec lui. Parce qu'elle était la femme de sa vie, celle dont il rêvait, une femme capable de lui tenir tête.

Elle dormait debout, songea Sadie en faisant bouillir de l'eau pour le café sur le feu de bois allumé à l'extérieur de la roulotte. Une équipe de l'armée avait débarqué à l'aube et établi une sorte de cantine. Ils avaient salué Alejandro avec enthousiasme en lui rappelant son passage dans les forces spéciales, un autre aspect de son passé qu'elle ne connaissait pas. Le niveau de testostérone était tel sous la tente qu'elle s'était éclipsée pour faire un feu de son côté.

— Il y en a assez pour deux ?

Pivotant sur elle-même, elle découvrit Alejandro debout dans son dos – vision suffisante pour affoler ses sens. En combinaison de pilote, avec ses cheveux en bataille saupoudrés de neige et sa barbe de deux jours qui lui donnait l'air d'un pirate, il était irrésistible.

— Tu es toujours aussi beau pour quelqu'un qui n'a pas fermé l'œil de la nuit, observa-t-elle avec sa franchise habituelle. Et oui, il y a assez d'eau pour deux.

— Dans ce cas, un café ne serait pas de refus, dit-il en s'accroupissant près du feu.

— Je ne peux prendre qu'une petite pause, prévint-elle, soucieuse de ne pas se laisser distraire quand il restait encore tant à faire.

— Assez longue, j'espère ? commenta Alejandro en levant les yeux sur elle.

En l'absence de réponse, il insista :

— Tu as fait un boulot formidable, mais il est temps pour toi de te reposer et de passer le relais.

— Tu ne serais pas en train de me materner ?

— Non. Je veille simplement à ta santé. Personne n'oubliera ce que tu as fait ici.

— Je vais entrer dans la légende, alors ? plaisanta Sadie en étouffant un bâillement. Sérieux, je n'ai rien fait de particulier. Tout le monde aide de son mieux.

— Mais c'est toi qui as organisé les premiers secours quand tous étaient sous le choc. Ils avaient besoin de quelqu'un qui les guide et leur redonne courage. C'est ce que tu as fait, Sadie.

— Justement, ils ont encore besoin de moi, dit-elle, culpabilisant d'avoir déjà pris une trop longue pause.

— Et *moi*, j'ai besoin de toi, objecta Alejandro.

Sadie ne put s'empêcher de baisser les yeux sur sa bouche. Une bouche terriblement sensuelle qu'elle mourait d'envie d'embrasser.

— Assieds-toi, dit-il comme elle s'arrachait à sa contemplation pour se remettre au travail. Je suis sérieux, Sadie. Assieds-toi. L'équipe suivante a pris le relais, tout va bien.

Elle hésita encore un peu avant d'obtempérer.

Assis sur des sacs de jute devant le feu, ils regardaient autour d'eux la vie reprendre ses droits. Hommes et femmes dégageaient les roulottes et rassemblaient tout ce qui pouvait être sauvé. Insouciants, des enfants jouaient dans la neige.

Alejandro termina son café et reposa la tasse.

— J'ai ouvert le château pour accueillir tout le monde, le temps que le campement soit remis en état.

— C'est formidable ce que tu fais.

— C'est *toi* qui es formidable, Sadie.

Elle sentit ses doigts frôler sa tempe et caresser sa joue. Au-dessus de leurs têtes, les hélicoptères bourdonnaient dans un ballet incessant pour apporter du matériel. Difficile de trouver plus romantique, songea-t-elle.

— Tu me crois ? insista-t-il. Ou bien faut-il que je te persuade du bien-fondé de ce compliment ?

— Oh ! je pense qu'il va falloir que tu fasses un gros effort de persuasion.

Alejandro ne se le fit pas dire deux fois. Il l'attira dans ses bras et à la seconde où leurs lèvres se frôlèrent, Sadie s'abandonna. Lui aussi. Consumés par la passion, ils s'embrassèrent avec fougue dans un élan sauvage et urgent, poussés par une force qui les dépassait mais à laquelle il leur fallait coûte que coûte obéir parce qu'ils étaient en vie tous les deux, parce qu'ils avaient simplement besoin l'un de l'autre…

La solidarité et le courage du peuple tzigane n'étaient pas une légende. Très vite, le camp se redressa. Dans l'après-midi, des musiciens prirent leurs instruments pendant que d'autres pelletaient la neige. Alejandro et Sadie faisaient partie des déneigeurs. Au grand dam d'Alejandro, mais quand il avait ouvert la bouche pour protester, la lueur de rébellion dans les yeux de Sadie l'avait dissuadé d'insister. Elle était à l'écoute de son corps et n'entendait pas se laisser dicter ce qu'elle pouvait faire ou ne pas faire.

— On danse ? lui proposa-t-il au bout d'un moment.

S'appuyant sur sa pelle, Sadie jeta un regard circulaire.

— Comment ?

— En mettant un pied devant l'autre. De préférence en rythme avec la musique. Nous avons quasiment fini de déneiger, il n'y a aucun blessé grave et tout le monde ici est conscient d'avoir eu beaucoup de chance. Il faut fêter ça avec eux. Tu as assez travaillé pour aujourd'hui, conclut Alejandro en lui enlevant la pelle des mains.

Sadie planta les poings sur les hanches et braqua les yeux sur lui comme si c'étaient des mitraillettes, mais l'expression macho d'Alejandro la fit rire.

— Que dois-je faire pour t'apprendre à lâcher les commandes de temps en temps ?

— Ça te va bien de dire ça !

— Bon, d'accord, je ne vaux pas mieux que toi sur ce plan.

— Alors, on danse !

Alejandro ne changerait pas miraculeusement du jour au lendemain, songea-t-elle, amusée, en lui tendant les mains. Et puis eux aussi avaient une formidable nouvelle à fêter. Qui plus est, elle avait appris des figures de flamenco qu'elle était impatiente de mettre en pratique.

— Pas de rythme endiablé, prévint-il en l'entraînant vers le plancher de danse aménagé au milieu de la neige.

— Je compte sur toi pour tempérer mes instincts les plus fous. Ou peut-être pas…

Alejandro la plaqua contre lui et quand il la fit virevolter, ses mains restèrent fermement posées sur son corps.

— Je ne te lâche pas, dit-il en la voyant jeter un coup d'œil au couple voisin qui exécutait une figure compliquée dans laquelle les cheveux de la cavalière balayaient le sol. Qui sait ce que tu pourrais encore inventer ?

— Ce n'est pas avec mon niveau de flamenco que je risque de me rompre le cou.

— Possible, mais c'est plus amusant de danser collé serré, objecta Alejandro en la rapprochant encore de lui.

Il n'avait pas tort, reconnut Sadie. Elle adorait sentir son corps ferme contre le sien, ses doigts sur sa taille, ses bras qui l'enveloppaient… Mais son ravissement fut de courte durée.

— Alejandro ! Repose-moi tout de suite !

Ignorant ses protestations, il la porta loin du groupe de musiciens qui avaient soudain accéléré le rythme.

— Je préfère quelque chose de plus lent et je veux récupérer ma roulotte, dit-il en s'arrêtant devant celle-ci.

Sadie reprit contact avec le sol.

— Tu ne peux pas. Je l'ai réquisitionnée pour y établir le centre de commandement.

— Et moi, je refuse ! L'armée a installé une tente pour ça. Par conséquent, ma roulotte est libre. Et puis surtout, ajouta Alejandro avec un sourire en coin, elle dispose d'un lit intact et tu dois te reposer.

— Me reposer ? protesta Sadie. Comment veux-tu que je me repose avec tout ce qui reste à faire ?

— Je vais te bercer.

Alejandro la poussa à l'intérieur et referma soigneusement la porte derrière eux.

— Je croyais que tu voulais que je me repose ? fit mine de s'étonner Sadie en reconnaissant la lueur canaille dans ses yeux.

— Tu te reposeras quand j'en aurai terminé avec toi.

Sadie frissonna d'excitation.

— Vous n'avez aucun scrupule, Don Alegon.

— Absolument aucun, mademoiselle Montgomery.

Il l'entraîna vers le lit.

— Nous avons travaillé toute la nuit pendant que d'autres s'octroyaient quelques heures de sommeil. À notre tour de récupérer.

— C'est ça que tu appelles *récupérer* ? questionna Sadie d'un air candide en se laissant renverser sur le lit.

— Laisse-moi te montrer, murmura Alejandro à son oreille.

Alors, elle ferma les yeux et s'abandonna à ses mains, à sa bouche qui l'exploraient, douces et impérieuses. Puis lentement, il descendit entre ses cuisses et se fondit en elle, la possédant tout entière.

Quand tout s'apaisa, ils restèrent enlacés, jambes et souffles mêlés, à échanger de tendres baisers jusqu'à ce qu'un appel téléphonique sur le portable d'Alejandro les ramène sur terre.

— Un problème ? questionna Sadie en le voyant raccrocher l'air soucieux.

Sans prendre la peine de répondre, il appela l'aérodrome pour réserver un plan de vol sur Madrid.

Sadie sentit se rouvrir le vide immense dans son cœur… De nouveau, cet atroce sentiment d'être exclue la taraudait.

— Des ravitaillements supplémentaires ? insista-t-elle d'une voix inquiète.

— Non. L'armée a apporté ce qu'il faut. Tout devrait très vite revenir à la normale sur le campement. Il s'agit de quelque chose d'autre, répondit Alejandro d'un ton indiquant que le sujet était clos.

Après quoi, il commença à se rhabiller.

Sadie hésita, déglutit.

— Alejandro… Tu ne peux pas partir comme ça sans explication. Chacun a des devoirs et des responsabilités. Je sais que tu n'as pas l'habitude d'en parler, mais si je compte vraiment pour toi, tu dois apprendre à les partager. Si tu ne le fais pas, comment veux-tu que j'apprenne à te faire confiance ? Et si je n'ai pas confiance en toi, quelle vie allons-nous offrir à notre enfant ?

Il releva les yeux. Elle ne les avait jamais vus aussi sombres.

— Annalisa a besoin de moi à Madrid. Elle a rompu ses fiançailles avec le prince.

— Elle a certainement une bonne raison… Mais elle ne devrait pas rester à Madrid. Marissa m'a envoyé un texto tout à l'heure pour me prévenir qu'elle était en route pour le campement. Annalisa va se retrouver seule face à la presse et au scandale provoqué par sa rupture. Appelle-la, Alejandro. Demande-lui de venir ici. Tu dis toi-même que les montagnes nous aident à y voir plus clair. Et puis…

Elle tendit la main et la posa sur son bras.

— … Ce sera plus facile pour elle de se confier à une autre femme qu'à son grand frère. Ce n'est plus une petite fille. Tu dois apprendre à rester un peu en retrait.

— Je dois surtout la protéger. C'est ce que j'ai toujours fait. Si cet homme lui a fait du mal…

— Tu interviendras, bien sûr. Mais je suis certaine qu'Annalisa est tout à fait capable de régler ça elle-même. Tu dois croire en elle et la laisser prendre sa vie en mains comme nous le faisons tous. Il en ira de même pour notre enfant, Alejandro. Nous devrons lui apprendre à voler de ses propres ailes.

Il y eut un long silence.

— Je vais annuler mon vol, déclara soudain Alejandro.

— Ah, tu reconnais que j'ai raison ? fit Sadie avec un petit sourire.

Le regard étincelant, il lui saisit les poignets et l'attira contre lui.

— Pour cette fois seulement… Pour toutes les autres, ça reste à prouver.

Alejandro attendit dans le hall que Sadie sorte de la chambre d'Annalisa. Dès qu'elle apparut en haut de l'escalier, il lui proposa une balade pour pouvoir discuter tranquillement du bébé à venir.

— Bonne idée, approuva Sadie, mais un pli soucieux barrait son joli front quand elle le rejoignit.

— Tu n'as pas l'air enthousiaste.

— Si. Bien sûr que si ! C'est juste qu'écouter Annalisa m'a rappelé mon enfance et la cruauté de certaines personnes. Ta sœur ne méritait pas ça. Personne ne le mérite.

— Je peux faire quelque chose ?

— Non, il vaut mieux que tu restes à l'écart. Sauf si elle t'en parle et réclame ton aide.

Alejandro serra les mâchoires. Connaissant la discrétion et la loyauté de Sadie, elle ne lui dirait rien. Il allait devoir attendre le bon vouloir d'Annalisa pour en savoir plus.

— Comment une femme comme toi, si tourmentée par son passé, peut-elle être aussi calme et raisonnable quand il s'agit de conseiller les autres ? ne put-il s'empêcher d'observer alors qu'ils quittaient le château.

Sadie sourit.

— Il faut croire que je commence à chasser les fantômes qui me hantent. Tu devrais en faire autant.

Troublé, Alejandro resta silencieux. Comment pouvait-elle le connaître aussi bien ? Comment pouvait-elle lire dans son âme lui qui s'était habitué, après des années d'une discipline de fer, à ne jamais rien dévoiler de ses émotions, à les garder pour lui quoi qu'il arrive ? Face à elle, c'était comme si ses pensées et ses sentiments étaient à nu.

— J'en ai assez d'être seul.

Les mots avaient jailli de sa bouche sans qu'il puisse les retenir. Et si Sadie fut surprise, elle n'en montra rien.

— Allons faire cette balade ! Je crois que nous avons besoin de parler.

15.

Ils marchaient côte à côte, en devisant tranquillement. Il n'était plus question de galoper à bride abattue car ni l'un ni l'autre ne voulait prendre le moindre risque pour le bébé.

— Heureuse ? questionna Alejandro.

— Bien sûr.

Il suffisait qu'il la regarde pour qu'elle sente son cœur fondre. Et penser au jour où elle ferait découvrir ce site incroyable à leur enfant la remplissait d'une joie indicible.

Les lupins sauvages transformaient les pâturages en lacs d'un bleu profond, les sommets enneigés des montagnes miroitaient sous le soleil, et la lumière était sublime. L'espace immense donnait une sensation de liberté qui invitait l'esprit à vagabonder. Parler du passé devenait soudain plus facile. Elle se surprit même à rire quand elle raconta qu'enfant elle croyait dur comme fer que c'était à elle de changer le monde pour qu'il aille mieux.

— Tu n'as pas changé d'un iota, commenta Alejandro.

Ils se sourirent et Sadie songea qu'elle aurait voulu arrêter le temps, là, maintenant, avec l'homme qu'elle aimait. Il n'y avait plus qu'eux… avec leurs pensées et leurs espoirs.

Tout ce que je veux, c'est être avec toi, Alejandro. Pas l'aristocrate, pas l'homme d'affaires, mais l'homme sensuel, amusant, sincère et attentionné que j'ai appris à connaître. Celui qui se soucie tellement des autres qu'il n'imagine même pas que quelqu'un puisse vouloir s'occuper de lui, s'inquiéter pour lui.

— Tu le vois comment l'avenir ? demanda-t-il soudain.

— Avec toi, répondit-elle sans détour. Mais je suis une rêveuse.

— Pas seulement, objecta Alejandro. Tu es une battante qui sait ce qu'elle veut.

Il lui glissa un regard en coin.

— Dois-je m'inquiéter ?

— J'espère bien !

Les montagnes renvoyèrent l'écho de leurs rires.

— Je suppose que ça ne sert à rien de te prévenir que j'ai une vie radicalement différente à Madrid, reprit Alejandro.

— Comme moi, répliqua Sadie.

— Et ça nous mène où ?

— Deux personnes très indépendantes ensemble.

Alejandro hocha la tête.

— L'idée me plaît.

— Le sexe aussi te plaît.

— J'aime ça, oui.

— Tout comme tu aimes aussi l'idée d'être père, ajouta Sadie. C'est tout et ce n'est pas suffisant, Alejandro.

— Comment peux-tu dire ça ?

Il mit pied à terre et la prit dans ses bras.

— Ne doute pas de moi, souffla-t-il contre ses lèvres.

Ses prunelles noires flamboyaient et Sadie pensa confusément que faire l'amour en plein air pourrait devenir une addiction. Et quand il la renversa dans l'herbe, elle s'étonna de la force de son propre désir.

— Demande-moi ce que tu veux, je te le donnerai, dit-il doucement en cherchant son regard.

— Je veux tout. Je veux tout de toi… Pas seulement le sexe, et certainement pas ton mode de vie luxueux.

— Tu veux travailler comme esclave dans ma cuisine ?

Sadie n'avait pas la tête à plaisanter. Le moment était venu de se dire la vérité, d'avouer ses véritables sentiments et d'en assumer les conséquences quelles qu'elles soient.

— C'est tout ou rien, Alejandro.

— C'est beaucoup demander, dit-il, le regard tout à la fois inquisiteur, souriant et spéculateur.

Elle haussa les épaules avec un sourire, comme si sa vie ne dépendait pas de sa réponse.

— Si tu me réponds « rien », on peut s'arranger pour le bébé. J'établirais un calendrier de visites et je promets de te consulter avant de prendre des décisions concernant l'avenir de notre enfant…

— Stop ! Les décisions que *tu* prends ? répéta Alejandro en fronçant les sourcils. Ça ne marche pas comme ça.

— Dans ce cas, que proposes-tu pour que ça marche ?

La distance entre eux était-elle si grande ? s'inquiéta-t-il soudain.

Oui, parce que tu n'oses pas ouvrir ton cœur, tout comme Sadie n'ose pas avoir confiance dans la vie. Dis-le... Dis-lui maintenant les sentiments que tu éprouves pour elle, sinon tu le regretteras jusqu'à la fin de tes jours.

— Je t'aime, Sadie Montgomery, dit-il en prenant son visage entre ses mains. Désolé qu'il m'ait fallu tout ce temps pour te le dire. Mais j'ai autant de mal à exprimer mes sentiments que toi à les cacher.

— Ce qui me donne une longueur d'avance sur toi, murmura-t-elle. Tu n'imagines pas combien je t'aime. Je n'en reviens pas que nos routes se soient croisées.

— Moi non plus.

— Pauvre de toi ! Je parie que tu n'as pas pu m'éviter.

— Au contraire, Sadie. Je suis content de t'avoir trouvée.

— Mais ne te sens pas obligé. Je peux me débrouiller sans toi. Pas de souci.

— Je sais, Sadie. Je ne doute pas un instant que tu réussiras, quoi que tu entreprennes. Mais veux-tu vraiment assurer tout, toute seule ? Moi, non. Plus maintenant. Parce que tu m'as montré une autre voie.

— Une voie difficile, semée d'embûches et de disputes ? proposa-t-elle avec un petit sourire effronté.

— Non. Je dirais plutôt… aventureuse et pleine de péripéties, rectifia Alejandro.

Sadie fronça les sourcils tout en cherchant son regard.

— Tu m'aimes vraiment ?

— Évidemment ! Pourquoi c'est si difficile à croire ? À partir de maintenant, tu as le droit de t'appuyer de temps en temps sur moi. Je serai toujours là, prêt à te soutenir. Comme je sais que je pourrais compter sur toi. Être parents dans un couple, c'est un partenariat… ou ça devrait l'être.

— Tu as changé, murmura Sadie.

— Toi aussi. Nous sommes tous les deux en train de changer. Petit à petit.

Il y eut un long silence. Pas une seconde le regard de Sadie ne vacilla tandis qu'elle le regardait droit dans les yeux. Mais soudain, elle flancha.

— Que va-t-il se passer si je n'y arrive pas ?

— Si tu n'arrives pas à quoi ?

— À être une bonne mère ? Toi, tu as un exemple que tu peux reproduire.

— Et toi, tu as appris du passé les erreurs à ne pas faire. Allons, Sadie, tu vaux mieux que ça. Tu ne t'es jamais laissé déboussoler.

— Sauf par toi.

Alejandro sourit et la serra plus fort dans ses bras.

— Sauf par moi, concéda-t-il. Quoi qu'il en soit, je suis certain que tu seras une bonne mère de la même façon que tu réussis tout ce que tu entreprends. Fais-moi confiance, Sadie Montgomery.

— Petit à petit, souffla-t-elle contre ses lèvres.

— Avec un peu de temps et beaucoup d'amour…

Quand ils rentrèrent au château, Annalisa avait décidé de rejoindre Marissa au campement et d'y rester jusqu'à ce que le scandale provoqué par la rupture de ses fiançailles avec le prince soit retombé.

Sur les conseils de Sadie, Alejandro s'abstint d'intervenir.

Sa sœur était désormais en sécurité dans les montagnes, entourée par les amis et la famille. Ce qui le laissait libre de proposer à Sadie de rentrer à Madrid pour consulter un médecin et rester quelques jours chez lui. Il voulait lui montrer que ses sentiments pour elle restaient les mêmes qu'il soit ici ou ailleurs, roi tzigane ou Grand d'Espagne.

Certes, il menait une existence différente à la capitale, mais Sadie savait s'adapter – son passé était là pour en témoigner. Et si elle tenait autant que lui à ce que ça marche entre eux, elle accepterait les compromis qu'ils allaient devoir faire quand le bébé serait là.

Ils avaient beaucoup de choses à régler, mais il était follement amoureux de cette femme et il devait le lui prouver autrement qu'avec des mots.

Le lendemain, ils se rendirent dans sa propriété madrilène.

— Je suis surprise, s'exclama Sadie quand il s'avança dans le salon officiel où elle l'attendait.

— Par quoi ? questionna-t-il, ébloui par sa beauté.

Là, au milieu du décor luxueux qui l'entourait, elle possédait la grâce d'une duchesse et cette fraîcheur inaltérable qui n'appartenait qu'à elle.

— Je suis surprise de te voir en tenue décontractée. Je croyais que le jean et le T-shirt, c'était uniquement en montagne.

Il nota son regard admiratif et ses joues qui rosissaient.

— Ce n'est pas parce que je suis en ville que je porte un costume tous les jours. Puis-je te proposer de l'eau ou un jus de fruits ?

— De l'eau, s'il te plaît. D'habitude, tu es raide comme la justice et tiré à quatre épingles quand tu es ici.

Alejandro lui tendit un verre d'eau.

— C'est ainsi que tu me vois ? J'ai vraiment l'air si guindé que ça ?

— Non, pas guindé. Plutôt distant et inaccessible.

— Préoccupé, surtout. Mais cette fois, j'ai décidé de

faire une pause dans mon agenda professionnel. Et comme tu me l'as fait remarquer, il est temps de laisser Annalisa prendre sa vie en mains. Je réalise maintenant que ce qui me semble une bonne solution pour moi ne l'est pas forcément pour elle.

— Comme casser la figure au prince ? proposa Sadie avec un sourire mutin.

— Ne me tente pas ! gronda Alejandro en ouvrant les portes-fenêtres donnant sur les jardins.

Sadie s'avança sur la terrasse.

— C'est magnifique !

— Mais il manque la touche magique, observa Alejandro. Et c'est là que tu interviens.

— Tu me laisses carte blanche ?

— Tu peux faire *tout* ce que tu veux, murmura-t-il en laissant son regard glisser sur ses lèvres.

Sadie ne se le fit pas dire deux fois. Ses mains se firent audacieuses… Quelques secondes après, ils s'enlaçaient sur le canapé.

— Oh *oui* ! gémit-elle pendant qu'il la déshabillait et l'allongeait sur les coussins.

S'agenouillant entre ses jambes, Alejandro entra en elle puissamment, profondément. Ses premiers assauts suffirent à la faire basculer dans l'orgasme, et il maintint le rythme jusqu'à ce qu'elle soit prête à recommencer.

— Ne te retiens pas… N'attends pas, chuchota-t-elle dans son cou. Jouis avec moi.

Sentant autour de son sexe les spasmes de sa jouissance, il n'eut d'autre choix que de s'abandonner à son tour aux vagues de plaisir qui déferlaient maintenant sur lui, en possédant tout entière cette femme qu'il aimait d'un amour immense. Et quand elle redevint douce et alanguie entre ses bras, il l'embrassa tendrement avec la ferme conviction que la famille qu'il rêvait de construire était enfin à sa portée.

16.

Découvrir les petites rues de Madrid et la beauté de ses bâtiments historiques avec Alejandro pour guide était une expérience unique.

Ayant promis de mettre à exécution sa déclaration d'amour en la courtisant dans les règles, il avait en effet opté – à la surprise de Sadie et à sa plus grande joie – pour une visite guidée de la capitale dans un bus à impériale. Faire l'amour était naturel, lui avait-il expliqué, c'était le reste du processus qu'il avait du mal à appréhender.

— Le processus ? s'était étonnée Sadie.

— Oui. La partie romantique laisse à désirer. Il faut que j'améliore ma technique. Et j'ai pour cela deux ou trois idées.

Sadie avait encore du mal à croire qu'il ait pu dire qu'il l'aimait et sa plus grande crainte, c'était qu'il confonde le sexe et l'amour avec un grand A. Mais aujourd'hui, elle allait être fixée. Un bon point pour lui a priori : il n'essayait pas de l'impressionner avec une visite touristique pour milliardaires.

— Quelle note me donnes-tu pour cette première idée ? s'enquit-il alors que le moteur diesel faisait tressauter leurs sièges.

— Dix pour le facteur surprise ! déclara Sadie. En revanche, tu as zéro pour la partie guide touristique, ajouta-t-elle comme le bus s'arrêtait devant un monument. C'est le troisième arrêt et j'attends toujours ton commentaire.

— Au prochain arrêt…

— Tu me fais visiter un parc ? demanda Sadie en descendant du bus quelques instants plus tard.

Alejandro releva ses lunettes de soleil sur son front, dévoilant ainsi ses intentions dans son regard de braise – elle n'apprendrait rien aujourd'hui sur l'histoire de la capitale espagnole.

Sadie sentit son pouls s'accélérer tandis qu'ils marchaient côte à côte. Ils ne se touchaient pas mais leurs doigts étaient si proches que la tension entre eux s'intensifiait à chaque pas.

— Les couchers de soleil ici sont légendaires, commenta Alejandro quand ils franchirent les grilles du parc.

— Dommage, ce n'est que le début de l'après-midi. Nous ne serons plus là pour le voir.

Comme il restait silencieux, Sadie lui glissa un coup d'œil.

— On ne va tout de même pas rester ici jusqu'au coucher du soleil ?

Alejandro haussa les épaules.

— Qui sait ? Il y a un temple antique dont on prétend qu'il dégage une énergie particulière. Nous devrions y entrer.

— Pour notre première sortie en amoureux ? s'exclama Sadie, feignant d'être scandalisée.

— L'autre option, c'est de rentrer à la maison. Mais rassure-toi, la visite touristique est simplement repoussée, pas annulée…

Ces moments passés ensemble étaient précieux, songeait Alejandro alors qu'ils regagnaient main dans la main une propriété qu'il trouvait splendide avant, mais qui aujourd'hui lui apparaissait davantage comme un musée.

Sadie lui faisait prendre conscience de tout ce qui manquait dans sa vie dorée. Sa luxueuse demeure dans l'un des meilleurs quartiers de Madrid était un palais, mais elle n'avait rien d'un véritable foyer. C'était une belle bâtisse antique sans âme. Mais avec l'arrivée de

Sadie, l'atmosphère y semblait soudain plus détendue, plus douce, plus chaleureuse. Ils apprenaient à se connaître et il appréciait la complicité qui se tissait entre eux, et leur intimité physique si naturelle, comme si leurs corps étaient faits l'un pour l'autre…

— Il y a une piscine sur le toit avec vue sur la ville, dit-il, rêvant soudain d'ombre et d'eau fraîche.

— Tu as vraiment tout sur place ! commenta Sadie, stupéfaite.

Et rien si tu n'es pas là… ajouta-t-il en son for intérieur. À peine arrivée, elle avait transmis un peu de son éclat à ces murs. Les voir avec ses yeux montrait à quel point ils manquaient de chaleur. Les décorateurs avaient conçu une résidence impressionnante mais totalement impersonnelle, alors que ce qu'il désirait plus que tout, c'était un vrai foyer.

Sadie se tourna vers lui avec un sourire.

— Décidément, tu ne fais pas les choses à moitié.

— J'essaie… Je te ferai visiter la maison plus tard, déclara-t-il brusquement. Beaucoup plus tard !

— Alejandro ! cria Sadie quand il l'attrapa par la taille alors qu'ils n'étaient qu'à mi-chemin dans l'escalier.

— Quoi ? dit-il d'un air faussement coupable en la plaquant contre lui.

Elle éclata de rire.

— Qu'est-ce que tu fais ?

— J'ai beau être patient, je ne suis pas un saint. Et j'ai donné quelques jours de congé à tout le personnel.

Il la plaqua contre la rampe et glissa sa cuisse entre ses jambes, lui arrachant un cri de surprise mêlé de plaisir.

— Vous êtes insupportable, Don Alegon ! lança Sadie en riant, avant de s'abandonner à ses baisers fougueux.

Cuisiner en amoureux serait le premier ouvrage de gastronomie qu'elle écrirait, déclara Sadie alors qu'ils se régalaient de pizzas et de framboises au lit.

— Tu vas démissionner de ton poste au El Gato Feroz ? questionna Alejandro.

— Non. Bien sûr que non. C'est mon travail.

— Et le bébé ?

— Comme toutes les mères qui travaillent, je m'organiserai.

— Mais je peux prendre soin de toi, Sadie. Tu peux très bien ne plus travailler.

— Tu veux dire que je n'aurais qu'à te demander de l'argent ? C'est censé me rassurer, me séduire ?

Elle secoua la tête. Il y avait de la déception mêlée de découragement dans son ton quand elle ajouta doucement :

— Il faut croire que tu ne me connais pas encore.

— Si, je te connais, contra Alejandro en sortant du lit pour enfiler son jean. Tu veux travailler et poursuivre ta carrière professionnelle. Personne ne le comprend mieux que moi. Ce que je te propose, c'est un partenariat. Épouse-moi, Sadie. Viens vivre avec moi et fondons une famille.

— Tu es sérieux ?

— Je n'ai jamais été aussi sérieux de ma vie.

— C'est une demande en mariage ?

— Il me semble, oui.

Sadie resta silencieuse.

Il était conscient qu'elle n'avait rien d'heureux à se raccrocher quand il s'agissait de la notion de famille. Contrairement à lui qui avait connu ce bonheur avec ses parents. Il savait qu'ils seraient heureux ensemble. De toute sa vie, il n'avait jamais été aussi certain de quelque chose. Restait à convaincre Sadie.

— Sorollo t'a proposé de prendre un congé sabbatique parce qu'il sait ce qu'est une famille, reprit-il. Il sait que lorsque tu tiendras notre enfant dans tes bras, tu ne voudras pas retourner tout de suite au travail. Ça ne signifie pas pour autant la fin de ta carrière. Tu la reprendras. Entre-temps, tu pourrais écrire le livre dont tu viens de me parler. Il faut simplement adapter ton travail à ton futur statut de maman.

Il voulait lui faire comprendre à quel point leur vie pourrait être agréable.

— C'est ce qu'on appelle l'équilibre, Sadie. Et comme tu es particulièrement douée en matière d'organisation, ce devrait être un jeu d'enfant pour toi.

— Fonder une famille…, murmura-t-elle songeuse. Comme tes parents.

— Comme eux, oui. Tu peux vivre où tu veux, dans n'importe laquelle des résidences que possède la famille Alegon, ici ou ailleurs. À une condition, ajouta Alejandro, l'air grave.

— Laquelle ?

— Que tu transformes chacune d'elles en foyer chaleureux. Tu ferais ça pour moi ?

Elle le dévisagea longuement, comme si elle comprenait à quel point son existence dorée avait été solitaire avant qu'elle vienne la bouleverser. Puis elle hocha la tête.

— C'est d'accord.

Le cœur d'Alejandro se mit à cogner contre ses côtes. C'était un engagement aussi fort que devant l'autel, une promesse pour l'avenir qu'il savait qu'elle ne romprait pas. Il y avait juste une dernière chose qu'il avait besoin de l'entendre dire.

— Tu me fais confiance, Sadie ? Tu me fais suffisamment confiance pour partager ta vie avec moi ?

— Oui, dit-elle en le regardant droit dans les yeux.

Ils sortirent finalement faire cette visite guidée de la ville, main dans la main, doigts entrelacés. Pendant qu'Alejandro lui faisait découvrir le Madrid historique, Sadie réfléchissait à tout ce qu'elle pourrait faire pour lui rendre la vie plus agréable, plus douce. Elle lui devait tant ! Il l'avait libérée de ses doutes, lui donnant l'impression d'une seconde naissance dans un monde nouveau, plus lumineux. Tout partager avec lui était un rêve devenu réalité.

Et ce qu'elle voulait par-dessus tout, c'était qu'Alejandro profite de sa famille.

— J'ai quelque chose pour toi, lui dit soudain ce dernier alors qu'ils s'arrêtaient à la terrasse d'un café pour boire un verre d'eau.

— Pour moi ?

— Ce n'est peut-être pas l'endroit le plus romantique, dit-il en tirant une chaise pour qu'elle s'asseye. Mais ici, je suis certain d'avoir toute ton attention.

— Qu'est-ce que c'est ? questionna-t-elle quand il lui tendit son poing fermé.

— Ouvre mes doigts et regarde.

Elle s'exécuta et brandit une clé avec une moue sceptique.

— C'est la clé de ton cœur ?

— C'est la clé de mon *palais* à Madrid.

Sadie parut surprise.

— Je n'en ai pas besoin.

— Je sais, dit Alejandro en prenant sa main pour la refermer sur la clé. Mais je veux que tu l'aies pour te sentir chez toi.

— C'est trop.

— Non. Ce ne sera jamais trop. Et le palais n'est que ton premier projet, d'ailleurs. J'en ai toute une liste.

— J'adore les hommes qui établissent des contrats assortis de conditions !

— Avec moi, tu es bien tombée.

— Tu veux vraiment m'épouser ?

— Ne te l'ai-je pas déjà dit ? J'ai besoin de quelqu'un pour s'occuper de mon patrimoine immobilier.

— Je suppose que tu attends de moi une réponse formelle.

— Tu as intérêt parce que le *palais* est mon cadeau de mariage. Au fait, je t'ai dit que j'aimerais bien t'épouser le mois prochain ?

— Si tôt ?

— Quoi ? s'étonna Alejandro. Ça ne te laisse pas assez de temps pour organiser le buffet ?

Sadie fronça les sourcils.

— Je crois que…

— Ne t'inquiète pas, Sorollo s'occupe de tout.

— Il est au courant ?

Alejandro haussa les épaules.

— Tu sais bien que les meilleurs chefs sont réservés des mois à l'avance.

— Et qu'en est-il des meilleures épouses ?

— Il faut les saisir au vol. À ce propos, Sorollo m'a demandé de tâter le terrain pour savoir si tu accepterais que ce soit lui qui te conduise à l'autel.

— Vraiment ? Il ferait ça pour moi ?

Les larmes affluèrent aux yeux de Sadie.

— Il voudrait aussi t'offrir un nouveau poste à ton retour de congé maternité, reprit Alejandro. Devenir son associé pour la nouvelle chaîne de restaurants qu'il envisage d'ouvrir.

— *Quoi ?*

— Ça te permettrait d'adapter tes horaires de travail et de passer plus de temps à la maison avec le bébé tout en poursuivant ta carrière.

— Je vois… Tu as déjà tout organisé.

Apercevant une lueur accusatrice dans ses prunelles violettes, Alejandro craignit d'être allé trop loin.

— Comment veux-tu que je m'associe avec Sorollo ? dit-elle d'une voix soudain tendue. Il n'est pas question que tu me donnes de l'argent !

Alejandro secoua la tête.

— Un milliardaire a le droit d'accorder des petites faveurs à la femme qu'il aime plus que tout au monde.

— Des petites faveurs ? Un palais et des parts dans une entreprise, tout ça dans la même journée ?

— Je dirais que c'est une transaction équitable pour toute une vie d'amour.

— Que fais-tu du scandale quand on saura que le célibataire le plus convoité d'Espagne, le très respecté duc d'Alegon, épouse Sadie Montgomery, une simple cuisinière native d'une petite ville anglaise ?

— D'abord, tu n'es pas une simple cuisinière, tu es une femme extraordinaire et je me fiche d'où tu viens. Ensuite, je ne crois pas que l'héritage d'un titre de noblesse me donne droit à des privilèges particuliers. Le respect, ça se mérite, qu'on soit duc ou pas. Il me semble que tu l'as amplement mérité. Quant au scandale, il n'a pas empêché mon père de vivre heureux avec la femme qu'il aimait. Et ceux que mon titre impressionne seraient probablement surpris d'apprendre que j'ai été conçu dans une roulotte. Une chose est certaine : nos enfants ne grandiront pas dans un monde étriqué avec des préjugés sans fondement.

— Nos enfants ? Combien en veux-tu ?

— Je serais assez partant pour une famille nombreuse. Si tu es d'accord, bien sûr. Tu as ton mot à dire.

Le sourire amusé d'Alejandro se fit plus tendre. Du bout des doigts, il lui effleura la joue.

— Sadie, je t'aime. Je t'aime de tout mon cœur.

Et il le lui prouverait chaque jour de leur vie s'il fallait, même s'il sentait qu'elle avait tourné une page et qu'elle commençait à lui faire confiance, tout comme il avait confiance en elle.

Ils avaient tellement changé ! songea-t-il en l'embrassant si longuement qu'ils provoquèrent les applaudissements de leurs voisins de table.

L'irruption de Sadie dans sa vie lui avait fait prendre conscience de la chance qu'il avait eue d'avoir des parents aimants, prêts à tous les sacrifices pour son bonheur. Sa mère avait renoncé à sa vie de liberté au cœur des montagnes pour l'élever comme le fils d'un duc. Et son père, malgré la lourde charge de ses responsabilités, s'était toujours arrangé pour être présent dans son quotidien. C'était ce qu'il voulait transmettre à ses propres enfants : cette précieuse tradition de loyauté, de soutien et d'amour. Avec Sadie à ses côtés, cet héritage se perpétuerait. Et il ne doutait pas un instant qu'elle serait la plus merveilleuse des mamans.

— Heureusement, j'ai tout prévu, dit-il quand ils quittèrent le café.

— Que veux-tu dire ? demanda Sadie en se laissant entraîner devant l'une des plus belles fontaines de la capitale.

Là, Alejandro mit un genou à terre et sortit de sa poche un magnifique diamant monté en solitaire.

— Veux-tu m'épouser, Sadie Montgomery ? Veux-tu faire de moi l'homme le plus heureux de la terre ?

— Mon Dieu ! souffla-t-elle. C'est trop… Je ne peux pas accepter.

— Bien sûr que si !

— Bon, d'accord, dit-elle, le regard étincelant de joie et d'amour. Un palais, un partenariat et maintenant un diamant… Je pourrais m'y habituer.

— Tu vas devoir t'y faire, chérie. Pour toujours, murmura Alejandro en embrassant sa main avant de glisser la bague à son doigt.

— Pour toujours, souffla Sadie contre ses lèvres quand il la prit dans ses bras pour un baiser.

Épilogue

Le mariage de Sadie Montgomery et d'Alejandro, duc d'Alegon, fut annoncé comme le plus romantique de l'année. À la demande de Sadie, la cérémonie n'avait pas lieu dans la grande cathédrale de Madrid, mais dans la chapelle privée des Alegon, au cœur de la Sierra Nevada. Les invités – responsables politiques, souverains et célébrités – firent donc leurs bagages pour assister à un mariage inédit en pleine montagne, entre un Grand d'Espagne et une inconnue native d'une petite ville du nord de l'Angleterre.

En l'absence de parents proches, Sadie avait invité les amis qu'elle s'était faits au campement et toute l'équipe du El Gato Feroz, avec à leur tête le chef Sorollo, son mentor et le père qu'elle n'avait pas eu.

La chapelle débordait de fleurs, l'atmosphère était féerique avec des centaines de cierges éclairant le chœur d'une lumière douce, et tout le monde s'accordait à dire que la robe de la mariée était la plus ravissante qu'ils aient jamais vue. Avec son décolleté sage, ses manches trois-quarts et sa jupe retombant au sol en élégantes vagues de soie, elle avait été conçue afin que la mariée puisse rapidement se changer pour la soirée. Alejandro pourrait aussi la lui enlever plus vite, songea Sadie avec un sourire. Le somptueux voile de tulle qui flottait derrière elle était retenu par une tiare en diamants qui étincelait au moindre mouvement de tête. Et, Alejandro ayant souhaité qu'elle porte ses cheveux détachés, ils cascadaient jusqu'à sa taille dans un flamboiement d'or roux.

Elle remonta l'allée au bras du chef Sorollo, avec Annalisa, Marissa et Maria pour témoins. Quand elle rejoignit Alejandro devant l'hôtel, il se tourna vers elle.

— Comme tu es belle ! souffla-t-il. Je t'aime tant…

Sadie plongea dans ses yeux. Elle n'avait pas de mots pour exprimer les émotions qui se bousculaient dans son cœur. Alejandro était déjà magnifique en soi, mais là, dans son uniforme d'apparat noir qui rehaussait sa beauté ténébreuse, il était renversant. Et elle n'en revenait toujours pas que cet homme soit le père de son enfant et l'aime aussi fort.

Hypnotisée par son magnétisme et la beauté de ses traits, elle le regarda, incrédule, incliner la tête vers elle pour lui murmurer quelques mots à l'oreille.

— Promis, tu seras à moi dans une petite heure.

— Alejandro ! chuchota-t-elle tandis que la chorale entonnait un hymne solennel. Comment veux-tu que je me concentre sur la cérémonie, maintenant ?

Il haussa les épaules avec un petit sourire en coin.

— Il suffit juste que tu dises « Oui, je le veux » au bon moment.

— Mais… Tu as dit une petite heure ? chuchota de nouveau Sadie, profitant du brouhaha dans l'assistance qui s'asseyait.

— Oui. C'est le temps qu'il faudra pour installer tout le monde autour du cocktail, expliqua nonchalamment Alejandro. Pendant ce temps, les mariés seront occupés ailleurs. Nous rejoindrons nos invités plus tard.

— D'accord, d'accord, s'empressa-t-elle d'acquiescer pour le faire taire. Ce n'est vraiment pas le moment de parler de ça !

Heureusement, la suite de la cérémonie réclama leur attention, même si l'esquisse de sourire sur les lèvres d'Alejandro indiquait qu'il tiendrait promesse…

« Quel couple fantastique ! », s'extasiaient les gens

tandis que le duc d'Alegon quittait la chapelle au bras de son épouse avec un sourire radieux.

Un cheval les attendait dehors. Sadie constata alors que son époux portait des jambières sous son uniforme d'apparat. Devant son air surpris, Alejandro éclata de rire et sauta en selle. Puis se penchant, il l'enleva dans les airs pour l'asseoir devant lui. Prestement, il arrangea les mètres de soie et de tulle avant de talonner leur monture et de partir au grand galop sous les applaudissements.

— Nous avons une longueur d'avance sur nos invités, se réjouit-il. Ce qui nous laisse plus de temps que prévu et j'ai bien l'intention de profiter de chaque seconde supplémentaire !

Quelques minutes plus tard, il tirait sur les rênes pour faire halte devant une roulotte qui leur était familière.

— Duchesse, votre lit vous attend…

Les mariés arrivèrent très en retard à leur soirée. Les danseurs de flamenco virevoltaient sur la piste de danse, mais quand Alejandro apparut main dans la main avec son épouse, un grand silence se fit et tous les regards de l'assistance se tournèrent vers eux.

— Majestés, mesdames et messieurs, chers amis, annonça Alejandro haut et clair, avec une immense fierté, je vous présente ma merveilleuse femme…

Un soupir collectif de stupeur et d'admiration s'éleva du parterre d'invités que rien n'avait préparés au spectacle qui se déroulait sous leurs yeux.

La haute silhouette de l'impérial duc d'Alegon, tout de noir vêtu et la taille ceinte d'une écharpe rouge, se détachait sur les flammes d'un feu de camp. Accompagné de sa jeune épouse, somptueusement vêtue d'une robe de flamenco d'un blanc immaculé, il commença à virevolter au son d'une musique endiablée.

— Dansez ! lança Alejandro au public médusé, à la fin

de la traditionnelle première danse des mariés. Puisse le cœur de la vieille Espagne guider vos pas !

— Comme il a guidé les miens, murmura Sadie en levant les yeux sur lui.

— Nous étions depuis toujours destinés l'un à l'autre, chérie. Ce n'était qu'une question de temps avant que tu ne puisses faire autrement que d'accepter l'inévitable.

— Et que toi tu comprennes que tu ne peux pas avoir tout ce que tu veux ! riposta Sadie avec un sourire entendu.

— Du moment que je t'ai, toi, je ne demande rien d'autre…

— Je suis d'accord avec toi sur ce point, concéda-t-elle.

Pour une fois, elle n'allait pas se lancer dans une discussion animée avec lui. Ils avaient mieux à faire…

Vous avez aimé *Scandale à Madrid* ?
Retrouvez en numérique le premier roman de la série « Passion au paradis », puis la suite de votre série dès le mois prochain dans votre collection Azur.

1. *Nuit de noces en Grèce*
2. *Scandale à Madrid*

Retrouvez prochainement,
dans votre collection

AZUR

**Les époux des Highlands,
de Melanie Milburne - N°4235**

MARIAGE ARRANGÉ

Épouser Logan McLaughlin afin de sauver le domaine de Bellbrae ? L'idée est aussi séduisante que folle, pour Layla. Bien qu'elle ait grandi dans ce château des Highlands, elle ne connaît que l'aile des domestiques, tandis que Logan en est l'héritier. Alors qu'elle admirait de loin le bel aristocrate, lui se lançait à la conquête du monde... Tout les sépare et pourtant, aujourd'hui, Logan a besoin d'une épouse pour conserver les terres de ses ancêtres. Et, contre toute attente, c'est à elle qu'il a décidé de se lier...

**La maîtresse d'un duc espagnol,
de Caitlin Crews - N°4236**

Implacable. Irrésistible. Hors d'atteinte. Son Excellence Mateo de Luz, duc de Marinceli, est tout cela pour Amelia. Jusqu'au jour où elle décide de le séduire, incognito, à l'occasion d'un bal masqué. Grisée de le voir enfin partager le désir qui la consume depuis si longtemps, Amelia s'offre à lui, pour quelques heures de délices. Mais ce moment d'égarement n'est pas sans conséquence, hélas ! Quand elle se découvre enceinte, en effet, Amelia n'a d'autre choix que de retourner au domaine du grand d'Espagne, pour révéler à Teo qu'elle a été sa maîtresse d'une nuit... et qu'elle porte son enfant !

Le prince scandaleux, de Maisey Yates - N°4237

S'il y a un homme que Latika méprise par-dessus tout, c'est bien le prince Gunnar von Bjornland. Hédoniste à la vie dissolue, celui-ci est auréolé de scandale et embarrasse la couronne depuis trop longtemps. Pour cette raison, Latika a été chargée par la reine elle-même de le réformer... en lui trouvant une épouse digne de ce nom ! Mais, alors qu'elle cherche la femme qui saura tenir tête à cet homme impossible, Latika est soudain contrainte de proposer à Gunnar de devenir elle-même sa princesse...

Une semaine avec lui, d'Ally Blake - N°4238

Une semaine de tentation... Alors que Harper est de retour à Blue Moon Bay pour assister au mariage de sa sœur, la voilà obligée de vivre sous le même toit que Cormac Wharton, dont elle était éperdument amoureuse au lycée. Devenue une brillante femme d'affaires, toujours maîtresse de ses émotions, Harper se croyait immunisée contre la séduction d'un play-boy comme lui ! Hélas, dès qu'elle se trouve auprès de Cormac, son cœur s'affole – bien plus encore qu'autrefois...

Séduction royale, de Dani Collins - N°4239

Que fait un prince à Lonely Lake, petit village reculé de la vallée des Rockies canadiennes ? D'abord méfiante envers le prestigieux pensionnaire du spa familial, Sopi tombe vite sous le charme de Rhys Charlemaine. Et pour cause : sous son regard brûlant, elle n'est plus une simple domestique, mais une femme désirable et désirée. Alors, pour la première fois de sa vie, Sopi succombe au bonheur et au plaisir d'être aimée. Jusqu'au jour où Rhys lui révèle ses véritables intentions, faisant voler en éclats le conte de fées dans lequel elle s'était égarée...

La proposition de Cesare Durante, de Clare Connelly - N°4240

« Deux semaines. Dans mon lit. » La proposition de Cesare Durante est aussi choquante que tentante... Depuis qu'elle a goûté au plaisir dans les bras de cet Italien sombre et arrogant, Jemima ne pense qu'à le retrouver. Seulement, elle sait que la situation est dangereuse pour elle. Non seulement l'homme d'affaires peut sauver ou briser sa famille d'un simple claquement de doigts mais, surtout, il détient sur son cœur un pouvoir insensé ! Bouleversée par les émotions qui l'assaillent, Jemima hésite : peut-elle céder à Cesare... ou doit-elle lui résister ?

Le fruit d'une liaison new-yorkaise, de Susan Meier - N°4241

SÉRIE : *LES HÉRITIERS DE MANHATTAN* - 1/3

Avoir une liaison avec l'un des hommes les plus riches de New York n'était pas une bonne idée. Or, maintenant qu'Avery est séparée et enceinte de Jake McCallan, elle mesure l'ampleur de cette folie. Jamais elle n'acceptera que son enfant grandisse dans le milieu privilégié de Jake, perdu au milieu d'une armée de chauffeurs, de nounous et de domestiques. Résolue à le protéger de cet univers luxueux qu'elle exècre, elle cache sa grossesse à l'homme d'affaires. Mais, hélas, celui-ci ne tarde pas à découvrir la vérité – et à lui réclamer son héritier !

Les enfants d'un séducteur italien, de Lynne Graham - N°4242

SÉRIE : *TROIS SŒURS À SÉDUIRE* - 2/3

Pour éviter un scandale retentissant, Raffaele di Mancini est forcé d'épouser Vivien, une jeune femme qui ne partage avec lui rien d'autre qu'une passion inassouvie. Et c'est par une nuit de délices qu'il parvient à la convaincre du bien-fondé de leur union qui devra rester temporaire et de pure convenance. Seulement voilà, quand après leur folle étreinte Vivien découvre qu'elle attend des jumeaux de lui, Raffaele comprend que la situation lui a échappé. Comment désormais rendre à Vivien sa liberté, alors qu'elle donnera bientôt le jour à ses héritiers ?

Mariage en mer Égée, de Jane Porter - N°4243

SÉRIE : *PASSION AU PARADIS* - 3/6

C'est un jour de noces idéal : le ciel est bleu, le soleil illumine la petite chapelle grecque, sur fond de mer Égée. Seulement voilà, la mariée n'est pas censée se trouver ici ! Parce que sa sœur a rompu ses vœux au dernier moment, Kassiani a été sommée par son père de la remplacer à l'autel, pour honorer une union de convenance entre sa famille et celle de Damen Alexopoulos. Une situation d'autant plus difficile qu'elle est humiliante, pour Kass. Alors qu'elle ne peut s'empêcher de dévorer des yeux son sublime mari, celui-ci ne lui accorde pas un regard… Au point qu'elle décide bientôt de donner une chance à ce mariage forcé, en séduisant son époux !

La passion de Leonora, d'Abby Green - N°4244

Abandonnée par son fiancé en pleine réception mondaine, Leonora fuit l'humiliation en présence d'un autre homme, qui lui propose galamment son assistance. Gabriel Ortega Cruz y Torres, puisque c'est son nom, n'est pas tout à fait un inconnu pour elle. Aristocrate réputé pour son intransigeance en affaires et ses conquêtes féminines, il exerce sur Leonora un attrait interdit, depuis le jour où elle a posé les yeux sur lui. Alors, quand elle se retrouve chez Gabriel, secouée par un maelström d'émotions, elle n'a soudain plus qu'une envie : explorer le désir qui la pousse vers cet homme. Sans se douter qu'il lui cache sa véritable identité…

Captive au paradis, de Michelle Smart - N°4245

Prisonnière ? Emily n'en revient pas. Si elle s'est introduite dans le bureau de Pascha Virshilas, le puissant patron de son père, c'était pour trouver les preuves qui disculperaient ce dernier, injustement accusé de vol. Jamais elle n'aurait imaginé mettre la main sur des informations confidentielles et encore moins être surprise par le redoutable milliardaire en personne. Furieux, celui-ci s'est montré très clair : il est hors de question qu'elle divulgue ces informations avant que les transactions secrètes qu'il mène actuellement soient arrivées à leur terme. Et, pour s'assurer de son silence, il compte la garder prisonnière sur son île au large de Porto Rico…

Composé et édité par HarperCollins France.

Achevé d'imprimer en mai 2020.

CPi
BLACK PRINT

Barcelone

Dépôt légal : juin 2020.

MIXTE
Papier issu de
sources responsables
FSC® C108412

Pour limiter l'empreinte environnementale de ses livres, HarperCollins France s'engage à n'utiliser que du papier fabriqué à partir de bois provenant de forêts gérées durablement et de manière responsable.

Imprimé en Espagne.